seca,
bebe
sangue
a terra

patrick torres

seca, bebe sangue a terra

astral cultural

Copyright © 2025 Patrick Torres
Todos os direitos reservados à Astral Cultural e protegidos pela Lei 9.610, de 19.2.1998. É proibida a reprodução total ou parcial sem a expressa anuência da editora.

Editora Natália Ortega
Editora de arte Tâmizi Ribeiro
Coordenação editorial Brendha Rodrigues
Produção editorial Gabriella Alcântara e Thais Taldivo
Preparação de texto João Rodrigues
Revisão de texto Carlos César da Silva e Cesár Carvalho
Design da capa Tâmizi Ribeiro   **Arte da capa** Robinho Santana
Foto do autor Arquivo pessoal

Dados Internacionais de Catalogação na Publicação (CIP)
Angélica Ilacqua CRB-8/7057

T647c
    Torres, Patrick
      Seca, bebe sangue a terra / Patrick Torres. — São Paulo, SP : Astral Cultural, 2025.
      208 p.

      ISBN 978-65-5566-642-7

      1. Ficção brasileira 2. Ficção LGBTQIAPN+ I. Título

25-2499   CDD B869.3

Índice para catálogo sistemático:
1. Ficção brasileira

BAURU
Rua Joaquim Anacleto
Bueno 1-42
Jardim Contorno
CEP 17047-281
Telefone: (14) 3879-3877

SÃO PAULO
Rua Augusta, 101
Sala 1812, 18º andar
Consolação
CEP 01305-000
Telefone: (11) 3048-2900

E-mail: contato@astralcultural.com.br

Aos que não morrem por pouco.

"A arte é a autoexpressão lutando para ser absoluta."

Fernando Pessoa, *Obras em prosa*

1

Dona Mariquinha não sabia onde estava quando seu filho parou a caminhonete. Sentiu o desacelerar do veículo e percebeu que o caminho, o trajeto em curso, havia sido interrompido. A idosa desviou o olhar da estrada de terra e bisbilhotou as faces de Aurinda, sentada à sua direita, na poltrona envelhecida do veículo. A moça, recém-agregada de seu sangue, namorada de seu filho, era jovem, percebeu. A pele lisa, o cabelo preto amarrado, usava um vestido florido. Aurinda fisgou o olhar da velha e apertou no colo a criança. Consigo, trazia agarrada pelos dois braços, num cinto de carne, firme, Letícia, com seus poucos meses, suadinha por causa do calor. A bebê dormia.

Agenor desceu do carro. Um espalhafatoso silêncio foi quebrado pelo encontro da porta de metal enferrujado e sua lataria. A caminhonete balançou. O homem cruzou a estrada, os passos gritando na piçarra, e, do outro lado, abriu a porta para que a companheira o encontrasse ao solo, a filha dos dois nos braços.

— Mãe. Desce. — Agenor tinha na voz certa imposição lamentosa. Um sentimento vazio, o peito ocupado pelo medo do que estava fazendo... E *estava mesmo fazendo aquilo*? Que dor. Doía-lhe o peito, o coração acelerado. As mãos suadas, os olhos esticados, o corpo trêmulo. Ali, se lhe enxergassem o fundo da alma, podiam até vê-lo chorar. Ouviriam um grunhido duvidoso, arrependido em antecipação, com uma ansiedade típica de quem deixa a incerteza dominar as entranhas... Segurava a porta do passageiro, e fez um rápido sinal com a cabeça para que dona Mariquinha escutasse o recado uma segunda vez. Não precisou repetir a ordem em voz alta.

Calada, pressentindo o aproximar da maldade, ainda sem compreender a que estava se submetendo, ou sendo submetida; o coração a fazer batedeira, e, com certo buraco no peito descendo o diafragma e abrindo-lhe as tripas, dona Mariquinha arrastou para fora da caminhonete o corpo pelancudo e enrugado. Quando se firmou, arrumou sobre a cabeça o coque branco e grande formado por seu cabelo pesado, desembaraçado e organizado, fazendo no coco de seu corpo uma montanha bonita, uma escultura embranquecida que refletia, clara, a luz do dia. Mesmo com o tempo fazendo roeduras no corpo da mulher, o cabelo da idosa não raleara com o envelhecer... muito pelo contrário: o coque de hoje estava, como de costume, alto e bem contornado, alinhado. Dona Mariquinha olhou em volta, mas fechou os olhos para tentar se defender da claridade brancacenta daquele dia ensolarado. Pisou na piçarra e ouviu os pés fazerem o solo urrar. Ficou ali parada, ereta, endurecida pelo medo, o corpo robusto cravado no solo, os olhos, agora semiabertos com as pupilas transitando entre o filho, a nora, a neta e o espaço em que haviam parado... Viu que estava na beira da estrada, num caminho cercado pela mata da caatinga, cortada pelo carreiro de piçarras pelo qual passavam os carros e as motos que por ali faziam caminho. Percebeu o solo acostumado com os trajetos dos veículos, aparentando uma imagem desenhada, esculpida pelo tráfego das rodas, provavelmente desgastadas, que sustentavam sobre os dorsos o peso de automóveis corroídos pelo tempo. Neste observar atento, viu próximo de onde estavam um juazeiro que fazia sombra, e ansiou se abrigar debaixo dele. Era uma galharia entremeada sobre si, com a copa esverdeada ainda cheia de quando a chuva fez presença naquele vasto mundo ressecado; o tronco grosso, irregular, com as cascas entortadas fazendo sobre a estrutura da árvore verdadeira armadura do ser; imponente, importante, destacava-se a planta do resto da mata de altura média, arrastada, e chamava a atenção por sua esplendorosa beleza.

Dona Mariquinha virou os olhos com atenção para Agenor. O homem devolveu-lhe um bizoiar cerrado decidido, os lábios encolhidos, o nariz largo sobre a face com as asas abertas. Respirava rápido. O filho olhava para a mãe, e, para ele, ela sorriu. Dona Mariquinha riu, mas não porque a coisa era engraçada. Aquilo tudo estava trazendo para o corpo dela um trovejar de sentimentos ocos, e o silêncio feito até pelo parar tenso da ventania dava à família a oportunidade de afogar-se em desespero. E foi no afogamento que a idosa quase — e ficou ali, nos limites do *quase* — gargalhou. Estava sob a água, submersa, sem respirar, diante do momento inusitado, esquisito, estranho. Ao encontro do desentendimento e do distanciamento dos fatos, em que o que se concretiza à frente de si é confuso, sem aparência coerente e com destino nebuloso, o que lhe restou foi a incredulidade, o choque: o que estava acontecendo? Que engraçado, não? Riu de nervosa.

As piçarras voltaram a fazer zuada quando Agenor encostou as mãos nos ombros de dona Mariquinha, fitou-a nos olhos, apertou-lhe peito a peito, e, soltos um do outro, agarrou com sutileza a face da mãe, testa a testa.

— Tá chorando por quê, Agenor?

O homem se afastou, e havia um pesar importante na cara que lhe denunciava a juventude. Secou a face com o dorso das mãos, sem dizer palavra.

Dona Mariquinha mantinha-se ali, ainda sem entender as coisas. Queria mesmo era voltar para casa, para seu conforto, onde, acompanhada da nora, da neta e do filho, se hospedava meio sozinha, parcialmente acompanhada. Naquele momento, pedia a Deus, em oração, que aquela marmotagem se encerrasse, estava para morrer de calor. E, num estalo rápido da consciência, sentiu falta da cadeira de plástico surrada, no cantinho de casa, e pensou que, talvez, seria gostoso colocá-la debaixo da sombra daquele juazeiro — que mais parecia um rei perto dali parado, aguardando subserviência — e respirar o vento quente, que se faria fresco quando flutuasse, ágil, debaixo da sombra da árvore-mãe do sertão.

Foi Aurinda quem desta vez se aproximou, e, segurando Letícia só com um dos braços, apertadinha contra o corpo, tocou calma o ombro de dona Mariquinha.

— A senhora nos desculpe, viu, dona Mariquinha...

Oxe, desculpar pelo quê, minha gente? Vamos, vamos embora pra casa, não quero mais ficar por essas bandas, no meio do nada, não... Quentura, pra que foi que vocês me trouxeram aqui? Vamos pra debaixo daquele pé de juá ali, pra sair do pingo do sol quente... Ei, e vocês vão pra onde? Deixa eu entrar no carro também. Aurinda, não feche a porta, espere... Não entrem no carro sem mim!

Agenor bateu a porta do carro de um lado, e Aurinda, do outro. Dona Mariquinha ficou do lado de fora, de testa cerrada e sobrancelhas retorcidas, a face toda incompreensão; o medo encontrando a goela, de onde saiu um grito rouco quando o motor da caminhonete foi acelerado.

O veículo tomou distância, e grande poeira enevoou a estrada. A idosa não foi capaz de correr, nem de acompanhar o carro, e o que deu conta de fazer foi deixar de perceber o entorno. Seguiu parada na estrada, o juazeiro lhe impondo companhia, com sua copa dançando num ritmo de natureza típico das grandes árvores amigas do tempo. O vento, então, voltou a soprar, assobiando.

Ficou ali, sozinha, olhando para a caminhonete que se afastava. Caminhou de um lado para outro, os dedos suados tremiam.

Os passos lentos, cambaleantes de nervosismo, que agonia, tadinha; caminhou numa bem pensada decisão para debaixo da sombra do juazeiro que resplandecia na estrada. E agora, sob sombra fresca, que acalmou o ardor da pele causado pelo sol, pôs-se a pensar, quieta. A respiração acelerando, o olho esbugalhado, a testa contraída... *Oxe, que foi isso?* E então ele chegou: o rompante, o susto, o perceber. Um desespero gutural se ergueu. À beira da estrada, olhava para o caminho na piçarra, agora já sem ver a traseira da caminhonete do filho, cega para qualquer sinal de poeira deixada por ele. Daí, o medo, esta coisa que nos atrapalha e nos protege; que ao fazer morada em nossa natureza itinerante de bicho pensante tem como intenção procurar pelos perigos e pelas ameaças, este sentimento que só se nota quando mais nada é admirável, rufou os tambores por dentro da idosa, escorregou rio acima e deixou zonza a cabeça dela, perturbou-lhe o juízo. Foi só quando se deu conta de que havia sido abandonada que dona Mariquinha chorou.

2

Darian tinha no Saleiro o hábito de caçar rolinhas. Iam sempre ele e o Matias. E caçavam na brincadeira, na diversão, por puro e quase inocente esporte, sádico prazer; não careciam de fazê-lo... Não passavam fome, e as panelas de casa eram sempre fartas — com simplicidade, mas nunca vazias; e se quisessem, na miséria de quem quer que fosse, atirar pedras, não obteriam sucesso com o dito ato de divertimento, dado o porte de uma coitada rolinha assassinada. Já os infelizes pássaros, se vistos por um dos meninos, bons de mira, mestres no acertar-bicho-vivo, sendo a baladeira o instrumento desta guerra imaginária contra os desafortunados que voam, cairiam em óbito, desceriam do repouso ao chão, num encenar de cangaço em que a pedra era a bala, e o chumbo escolhido vinha da piçarra. Mortas — pois não se comia rolinha viva, certamente — e tratadas, fritas, tinham um sabor característico, um amargor curioso e agridoce, que, com o tempero certo, faziam qualquer barriga, no simples sentir do cheiro, encomendar saliva para os dentes. Era um gosto assim...

de rolinhas! De pássaro assado. Asse um pássaro morto, recomendo uma juriti, mas antes trate-o. Isto é, retire dele, uma a uma, suas penas, chamusque-o no fogo para queimar a penugem que sempre sobra; corte-lhe o bucho--peito, arranque, usando a ponta do dedo indicador, com doçura e cuidado, seus órgãos internos, livre-o do sangue... tempere-o e coma. Frito em panela alta é sempre melhor. Seguindo esses passos, o leitor saberá a que me refiro.

Àquela hora da manhã, desperta após o café forte passado no coador lavado e encardido de história, dona Leidiana já estava com a camisola molhada na região da barriga, lavando as louças da noite anterior, da janta. O sol ainda não gritava, mas sussurrava, como quem dizia que estava chegando mais forte, fazendo anunciação, trazendo o dia, provando que o tempo, quando vai, não volta. O Saleiro ainda acordava. Quem trabalhava apontava a cabeça à porta de casa, e quem criava cachorro soltava-os pro terreiro. Ouvia-se as portas sendo abertas, as motos aos poucos sendo ligadas e aceleradas, cada uma com seu conhecido dono, os pneus riscando a terra; e quem criava as barulhentas galinhas em seus quintais que cuidasse de alimentá-las. Famintas, cacarejavam em ópera animalesca; e os galos, com seu exibicionismo territorialista, faziam escândalo.

Mais cedo, acordando primeiro que o dia, ansioso pela diversão marcada, Darian foi caçar rolinhas. Saiu com uma capanga enganchada no ombro, atravessada no tronco, e disse à mãe que iria, com o Matias, pro lado dos lajeiros, fazer a caça. Dona Leidiana sorriu depois de dar a bênção pro garoto, inspecionou a cria e só estranhou a sujeira da capanga do moço. Pensou que depois havia de botar a bolsa de pedras para lavar. Não se lava capangas, é verdade, mas seu filho que não ia andar por aí com a capanga toda encardida.

— Ô, meu filho — disse dona Leidiana, desejosa, olhando o menino despontar porta afora —, pois traga rolinhas! Tem tempo que não como rolinha, e bem que tu podia trazer algumas pra matar o intento de tua mãe, né? Uma farofinha na gordura. Que delícia. Tô é com vontade!

— Deixe comigo. — Darian botava a mão dentro da capanga, atrás de pedras redondinhas e com o tamanho ideal, procurando deixá-las por cima, para que, quando acertassem as rolinhas, as derrubassem de imediato, num sopapo único, procurando oferecer às bichinhas descanso rumo à eternidade, sem sofrimento. Não gostava de ver bicho sofrer, tampouco era amigo da morte, mas sabia da tal coisa do matar pra comer. — Hoje no almoço tem rolinha, lhe garanto. E prepare farofa, viu? — A empolgação. A disposição para a caça. Para a brincadeira. — E faça mais comida também, se a senhora puder, porque Matias vai caçar comigo e ele vem almoçar aqui.

— Você tome cuidado com cobra!

— A cobra é que tem que ter cuidado comigo! — respondeu o moço, astuto e ligeiro, rindo. — Volto perto de meio-dia, e não se esqueça do Matias. Dona Castela foi pra rua e a senhora sabe como ela é, uma demora que só Deus.

Dona Leidiana viu o Darian sair e notou que a luz fraquinha da manhã neonata amarelava sua pele preta, o bronze refletia de seu rosto jovem-adolescente como um espelho. O menino não fechou a porta. Estava mesmo na hora de deixar a ventania entrar em casa e empoeirar as coisas.

Quando a sombra do rapaz desapareceu e ele fez seu carreiro pro mato, a mãe ansiou pelo almoço. Será que comeria rolinha? Gostava tanto, a mulher. De cozinhar e de comer! Fazia do jeitinho que aprendera com o pai, seu Jaime, que quando era vivo, mesmo idoso, botava na panela as rolinhas como ninguém. Ficavam tão gostosas, crocantes, que até os ossinhos davam para ser mastigados. Dona Leidiana pensou no quebrar das aves fritas na boca, no óleo besuntando os dentes e os lábios, no tempero que fazia morada em sua língua por horas depois do almoço. Pensou que talvez as preferisse com cuscuz, e se lembrou de quando amanhecia na mesa com seu Jaime, ainda moça. O café, sempre, mais doce que cana da roça. Sentiu, como acontecia todos os dias, falta do pai, de quando ele a acordava, ainda pequena, para ajudar nas tarefas de casa. Há falta do ser pequena, de sorrir ao nada, de ser teimosa, do castigo — sentia saudade do bom e do ruim. Eis uma alteração da realidade presente causada pela lembrança: o sabor e o amargor da infância não se esquecem. Ou tem cheiro bom e nos abraça, ou fede e nos machuca; é no ser criança que as recordações desanuviadas se constroem e fazem o adulto amar e gostar de ser amado. É também no farto riacho infantil que fisgam os peixes as memórias hostis, daquelas que apodrecem a gente-grande por dentro, e fazem o humano-maduro caminhar futuro à frente, como o profeta que ao calvário percorreu, vivo e descalço, o solo do inferno.

Darian caçava rolinhas desde criança. Ele e o Matias, que tinham a mesma idade. O Saleiro era pequeno, não oferecia perigos — talvez as cobras. A população toda se conhecia, os rapazes jamais se perderiam no mato, e, se acontecesse, bastava que alguns homens fossem à perseguição deles. Iriam achá-los.

O Saleiro era seguro, todos sabiam. E ali estava Darian, fazendo sua infância encher-se de lembranças de caçar-rolinhas, de se divertir no mato, de brincar com o Matias, vizinho da vida toda, que morava na casa ao lado. Os dois meninos pretinhos cresceram e cresceriam brincando juntos, sob os olhares guardiões de dona Leidiana, sempre atenta, e de dona Castela, mãe de Matias, que também prestava atenção nos meninos quando era preciso e oportuno.

Já rumo à mata, vagueando sozinho, enquanto o amigo não apontava os passos no dia que já estava com o sol meio alto, Darian botou numa das mãos a baladeira vermelha, toda remendada de liga. Usava a bermuda-de-brincar-no-mato de sempre, manchada de terra, com alguns furos e rasgos, e uma regata, que, mesmo não protegendo os braços, iria livrá-lo do calor quando o meio-dia chegasse. Era cômico, porque, quando o menino voltava para casa, estava com os braços mais escuros que o tronco, e suas duas cores, quando tirava a roupa, faziam dona Leidiana pensar no pai do menino, o Clarão.

Clarão, na verdade, era o apelido de Marcílio, que tinha a pele branca, leitosa. Foi por orientação de seu Jaime que Leidiana quis se casar com um homem branco. E, quando Marcílio se engraçou para o lado dela, com seu cabelo liso e loiro, os olhos castanhos, mas mais claros que os de muita gente, ela percebeu que havia chegado a hora de botar uma aliança no dedo e segurar o que talvez fosse dela. Seu Jaime não deixaria a filha preta se casar com outro preto, porque, para o velho, preto com preto só dava desgraça. Nunca tinha visto casal de gente preta ter carro, ter casa boa, ter filho estudado. Para o seu Jaime, era a cor da pele que dava a oportunidade pro futuro garantido, e, quanto mais branco o homem com quem se envolvesse Leidiana, melhor seria pro restante de suas crias, especialmente em se falando do futuro. Pensando-se no passado aqui, pois, é importante dizer: seu Jaime ouvia, quando jovem, a avó contar da época em que fugiu a pé, com a família — mãe, pai e irmãos —, acompanhada de mais um bando de pretos, da fazenda em que era obrigada a morar e trabalhar, lá pros lados da Bahia; e de lá chegou, ela e quem com ela vinha, no Saleiro, que existia no meio da seca, pingado de gente — outros pretos, alguns brancos, vindos de diferentes lugares, e fincando suas raízes ali, no meio daquela terra castigada, cujo dono, até onde se sabia, era Deus Nosso Senhor. Seu Jaime tinha medo da história da escravidão, dos açoites relatados pela avó. Seu avô tinha nas costas marcas feias e grosseiras de chicotes e facões, que, dizia ele ao neto, eram usados para lhe desancar quando fazia o que não podia fazer, o que o senhor-fazendeiro proibia. Contavam ao seu Jaime coisas assombrosas, e, quase diariamente, numa repetição papagaiosa e amedrontada, as recordações tornavam-se palavras a serem ditas para suas crias. De sequelas, os avós de seu Jaime traziam, além das marcas nas costas, um olho a menos, cada um. Dona Zulmira, a mãe do homem, dizia que os pais tiveram os olhos arrancados na faca pelo vaqueiro da fazenda onde moravam, antes de fugirem. Para a cabeça do avô de Darian, era melhor se afastar desta coisa, da escravidão, pelo sangue, pegando atalho nas veias alheias. Quem hoje tinha casa boa no Saleiro e ao redor era gente branca, e Leidiana, que concordava com o pai, não iria desobedecer ao homem, em ímpeto de rebeldia. Ia ela se casar com um homem preto, dada a profecia do mal lhe imposta pelo pai, caso isso acontecesse? Não! O peito e a barriga de Darian eram clarinhos, mas ainda pretos. A cor de seu Jaime e de dona Leidiana escorreu pelo sangue da família e não teve muito jeito, o menino nasceu preto e de cabelo duro que dava volta. O moço tinha os braços esculpidos pela baladeira que era esticada na hora de dar os tiros, e as pernas sempre foram finas, porque era magro de tanto correr. Comida não faltava. E comia que era uma beleza. O menino era magro de ruim, como diziam. Era lindo, o Darian.

Quando os meninos, Darian e Matias, saíam com as baladeiras, pulando de lajeiro em lajeiro, desviando-se dos jardins de cansanção, envolviam-se na caça por divertimento. Em casa, dona Leidiana faria o almoço, quer eles voltassem com rolinhas, quer no retorno os fizesse companhia apenas a satisfação de ter cumprido por um turno do dia, ou dois, a canseira do brincar. Era boa a comida de dona Leidiana e, se não houvesse rolinhas para o almoço, ela certamente faria um arroz soltinho com um carneiro em caldo, tudo engordurado e gostoso. A gordura dava o gosto das coisas, dizia a mulher, e carneiro tinha de ser assim. Chamavam de carne de criação. No Saleiro, criava-se os bichos quase soltos, longe dos açoites, e os afortunados donos vendiam a carne, a preço justo, aos sujeitos do povoado, que aproveitariam almoços e jantas com a comida que a terra quis, e a terra deu.[1] Já lhe disse, leitor, que não há miséria no Saleiro. É importante que deixemos de associar a hostilidade do chão à amargura do oferecer: a terra da caatinga é, sim, dramática e violenta — não faltam destaques disso por aí e por aqui. Para sobreviver na caatinga, é necessário saber dançar sobre ela, desviar-se das pedras pontudas e dos espinhos. Mas não é assim também a vida? Não se vive sem saber dar passos, tortos ou ritmados, que acompanhem — ou desacompanhem — a melodia da existência. Viver é isto, e o vasto espectro da violência, dos altos e baixos e da bonança, da angústia, da concórdia e da discórdia, do saber ir e do conseguir voltar, são da naturalidade desta coisa que nos faz bichos-pensantes. É pecado dizer que o viver é a caatinga? Creio que não. O viver é a caatinga. Reafirmo: o viver é a caatinga! E só discorda quem vive fora dela ou a vivencia sem em sua piçarra esquentada mergulhar. E discorda porque desconhece. É neste lugar do tudo e do nada que habita o mistério paradoxal da terra seca que muito oferece. A caatinga é o começo, o meio e o começo.[2]

...

Em casa, já passadas horas, desacreditada do almoço com rolinhas, dona Leidiana começou a cozinhar. Primeiro, pinicou pimenta-de-cheiro. Haveria arroz e carneiro, como de costume... e que costume! No Saleiro, já não chovia havia algumas semanas, e o feijão-verde, favorito da mãe, não abundava mais para vender. Por isso, o arroz e o carneiro bastavam. E tinha a farofa. Pirão: lembrando-se de seu Jaime, a mulher cozinhava a carne sob água em excesso, e, da panela temperada e enfurecida de sabor, retirava uns quatro dedos de caldo, pra mode fazer um pirão com farinha de mandioca. Colocaria cheiro-verde, porque era assim que Darian gostava. Preparou o pirão, precaveu-se para o caso de o almoço não responder ao desejo da rolinha frita. A casa tinha um aroma reconhecível de almoço, de tempero, de comida boa. Dona Leidiana até cogitou sentir fome antecipadamente, mas preferiu aguardar o momento em que quebraria o vazio do estômago junto a Darian e Matias. Matias! Certificou-se de ter feito comida o bastante para os dois rapazes. Àquela hora, dona Castela ainda não havia chegado. Quando saía assim, só voltava depois das quatro, cinco horas da tarde. Uma vez, numa dessas saídas, voltou trazendo para o menino uma baladeira nova, amarela. Era novo, o estilingue, e carecia de muita prática para que o tempo esticasse suas fibras e as moldasse nos braços do seu ligeiro rapaz. Darian não queria saber de baladeira nova, disse que era aquela vermelha-velha, remendada, que funcionava pra ele. Quando caçava-brincava, era sua baladeira vermelha que lhe garantia o acerto no bucho das rolinhas destinadas à panela. Estava certo. Raras vezes errava os tiros, e o chumbo-piçarra que o moço pegava da capanga em geral acertava de primeira, num só golpe, o alvo. Era sob esse argumento que dizia não carecer de outra baladeira. Ficou feliz quando Matias ganhou uma baladeira nova e amarela. O estilingue antigo do amigo não lhe dava muita boa mira e, dos dois, quem mais matava rolinhas, quem melhor acertava os pássaros, era, obviamente, o Darian. Mesmo com sua baladeira-amarela-nova, Matias preferia acobertar o amigo caçador, pois, ainda que soubesse atirar, preferia ficar na retaguarda e prezar pelo silêncio que era responsável por manter no devido lugar o alvo inocente, que dormia cara a cara com a morte.

Iam, assim, os dois. Um acobertava, o outro atirava. Um cobria, o outro rastejava. Um olhava para cima, o outro olhava para baixo. Um mirava nas rolinhas, o outro avisava das cobras. Dupla inseparável, em sincronia. Na caça, contavam um com a presença do outro porque um precisava da sensibilidade, e o outro, da agilidade e da avidez. Eram simbióticos, a caça funcionava, e, ainda que fossem muito jovens, eram, juntos, a garantia do sucesso. Nunca foram de sair pra caçar e voltar de capanga vazia.

Nesta manhã, porém, Matias demorou para chegar.

3

Darian descobriu, ainda cedo, jovem, adolescente e caçando rolinhas, que a desgraça, quando bate à porta, mexe com tudo. Quando o infortúnio escancara o umbral amargo do viver e faz morada no coração de qualquer peito-casa, do rico ao pobre, do bem-aventurado ao azarado, não há viga, pilar, parede ou tijolo que são respeitados: tudo muda. A desgraça, caro leitor, ela é facínora.

O sol batia no chão sem fazer sombras. O céu estava limpo, e, para aquela hora, quase meio-dia, o Saleiro já agonizava na quentura — hora ruim pra fazer caça. Dizia-se que a hora boa de caçar, o bicho que fosse, era a madrugada ou o cedo da manhã. À tarde, não, porque a tarde era quente. Ao menos no Saleiro, o imperdoável calor e o ardor do sol na pele não deixavam as contas serem pagas no fiado, e tudo da caatinga que era pelo tempo tocado queimava, flamejava. A caatinga é mesmo pomposa, trágica e impiedosa. Nela tudo é diferente. De sua piçarra que trinca quando se tocam as pedras a seu vento que assobia agudo, piando no ouvido de quem presencia o fenômeno; de seus baixões alaranjados ou roxos, que parecem não ter fim para quem olha de cima, ao seu verde que remanesce esquisito, excêntrico, depois de alguns meses da passagem da chuva. Ah, tem isso mesmo, a chuva. Ela, quando vem e passa — e sempre passa —, faz dupla cenográfica com o drama do bioma teatral, tornando o homem que nele vive sua cria de casca grossa, braço duro e anca aberta, marcha anserina, olhar fechado, bruto, cuja sensibilidade habita o lado de dentro. Já a sensibilidade, pro homem da caatinga... Ah, a sensibilidade é necessária, precisa haver, porque sem ela não há boa audiência para que o espetáculo não roteirizado do existir dessa mata torta, que já matou e mata muita gente, seja compreendido enquanto sobre o palco estiver. A caatinga exige que se saiba driblá-la. Sobre ela só habita quem ataca e desvia. O povo diz por aí que quem é criado no leite não sustenta o pesar do sertão. Acredito estarem certos... o povo não erra. E era o povo quem dizia que a hora de caçar era de madrugada, ou cedinho, quando o sol ainda estivesse baixo.

    Desobedecendo a quem das coisas sabia, Darian estava, agora já no pingo do meio-dia, enquanto o Matias não chegava, pinotando no meio do mato, à procura das rolinhas que queria, mortas, levar para casa. A pensar bem, por enquanto talvez até fosse melhor estar sozinho, porque assim garantia o silêncio. Não dava um pio, olhava pra cima e pra baixo — para baixo mais para descansar o pescoço — e suntava o chamar da mata. Zeeeeiiinnnn...

    E elas chegaram. Um bando de rolinhas, todas de uma só vez, em revoada, e pousaram num dos braços de um pé de algaroba ali confinado, farto, que recebeu os bichos e balançou com o peso do acomodar das criaturas. Darian reparou o evento bandoleiro de imediato, o olhar adolescente afiado, noviço com o primor da juventude, ardendo com a secura do vento que piava, e contou quantas das bichinhas haviam se proposto a, talvez, ali descansar. Achou que viu umas dez, talvez doze. De nada adiantava contar dez ou vinte, pois, quando mirasse a baladeira e lançasse a pedra, só conseguiria acertar uma das presas, e as outras, espantadas com o tiro, voariam dispersas, fugindo da morte sob as ordens de suas improváveis consciências. É assim que fazem os bichos, em especial os que pensam. Veja o homem, este é um bom exemplo: é da natureza do homem fugir do que ele sabe que vai matá-lo. Homem que não quer morrer não bebe veneno, e aquele que tem medo da morte nem viver com fervor vive. A morte nos interrompe, mas o medo da morte também é um ultimato. Mesmo assim, no complexo emaranhar da vida que se faz e refaz sobre o solo, há quem, não temendo ou outra coisa, busque a morte, vá dela atrás. Estes, agora pelo extremo, pelo destemor, pela audácia, pela coragem e pelo cansaço, findam-se. Cada um com seu cada qual.

Darian abriu a capanga com uma das mãos, a baladeira presa com firmeza entre os dedos. O moço não tirou os olhos do alvo, ou dos alvos, ou de um dos alvos; buscou no tato a pedra mais roliça dentro da bolsa costurada a seu corpo. Agarrou o projétil e o apoiou rapidamente sobre o couro da baladeira, firmou a forquilha na mão esquerda e deixou o punho endurecido. Com a mão direita, arqueando o corpo, mirou no peito de uma das bichinhas que estavam ali, em repouso, sabendo do alvoroço que causaria. Cerrou um dos olhos fazendo a mira. Apreciou por alguns segundos a inocência de sua vítima, a rolinha sem expressão, seu pescoço num vaivém de quem apenas assiste à existência transcorrer o rio daquilo que é estar vivo. Atirou. Tiro e queda: a horda de rolinhas tomou um susto com o despencar de uma de suas colegas — será que tinha nome a que caiu? — e cortou o céu em pedaços diversos, com as pontas dos bicos-facas rumadas a diferentes direções, anunciando a dispersão do grupo e a vitória do caçador. Darian havia feito a primeira vítima do dia. Comeria mesmo rolinha. Respirou fundo, aprumou a coluna e ajeitou o corpo, o coração menos acelerado e os dois olhos abertos de quem já não fazia no horizonte qualquer alvo. Um sorriso de vitória, a cabeça saltitante de felicidade. Ao menos uma! Deu alguns passos e encostou no animal que caiu do alto do pé de algaroba. Pobre da bichinha, assassinada, repousava estática sobre o chão árido, o sangue brotando do meio do peito, onde a havia alvejado com silenciosa violência a bala de pedra disparada pela baladeira de Darian.

— Essa é grande! — disse, baixinho, conversando sozinho enquanto acalmava o corpo debaixo da sombra da árvore, a qual foi para a presa seu último recanto. — Cadê o Matias, minha gente? Diabo de demora!

Quando se mata um bicho, na pedrada ou na espingarda, o barulho assusta toda a vizinhança, e tudo o que do lugar é presa esperta, ao escutar o perturbar da calmaria, esconde-se. O raio de vazio se estende, e só depois de uma importante caminhada é que se encontra nova viva alma para poder aniquilar. Me diga o leitor se com gente também não é assim?

Darian sepultou a rolinha em sua capanga, junto às pedras que matariam as futuras condenadas, e, depois de secar o suor na ventania, seguiu viagem pelos caminhos costumeiros ainda na expectativa da chegada do Matias. Ouviu a cantoria de outros pássaros, que anunciavam um provável cessar-defesa da natureza, e voltou a prestar atenção nos galhos em que atiraria. Caminhou quieto, sua mudez construindo o fazer da caça, trilhando os carreiros marcados pela história do sertão, o pescoço tenso fazendo-lhe atenta a cabeça que procurava fisgar o alvo seguinte.

Ouviu canários, o canto inconfundível que alimentava o dia de beleza e abraçava os ouvidos do caçador, e torceu para que a melodia do bicho dourado atraísse novas rolinhas. O moço queria voltar para casa com a capanga cheia, afinal iriam comer o almoço ele, a mãe e o amigo. O amigo! *Diabo, chegue logo!* Olhou pra cima procurando de onde vinha o canto, porém não viu o bicho. Mas não o fez como predador. Não mataria canários. Pelo Saleiro, não se come canários. É coisa bonita demais para se pôr pra dentro. Há sempre o belo que serve para ser contemplado, para ficar do lado de fora, o belo cuja existência parece servir à terra como sinal de que a vida sozinha, sem seus adornos e floreios, não basta.

Darian não mata canários, mas já matou coisas bonitas, dessas que são artes feitas pela natureza. Certa vez, numa caça, acertou um cabeça-vermelha, mas o fez por curiosidade. Pensou não fazer mal algum matar e apreciar o defunto em seu esplendor. O bicho veio à queda e, quando o menino da baladeira se aproximou, o sangue que jorrava do peito do pássaro refletia a cor bonita de sua cabeça pequena. Ficou caprichosa a cena, e Darian, nesse dia, olhou por um tempo o pouso do defunto no chão que o acolheu. Nem sorria nem estava triste, mas sanou a curiosidade de ver de perto mais uma vez o cabeça-vermelha, tão famoso, um astro, estendido sobre o solo como se esticasse as asas para tirar uma foto. Emoldurou a situação e guardou o quadro no peito e na memória. Esperava não a perder, mas sabia que um dia a nebulosa ação da vida faria com que aquilo de seu coração desaparecesse. Memórias não são como a matéria, o palpável, que na escola o povo diz que nem se cria, nem se perde, mas se transforma. Muito pelo contrário — e há quem comigo teime —, aquilo de que o sujeito se lembra pode ser queimado, soprado pelo tempo, transformado em pó, e do pó tornar-se o nada. Evaporar. Pode virar outra coisa, deixar de ser. A memória, os momentos cravados nos miolos das cabeças, aquilo que chamamos de lembranças... Ah, as lembranças... Elas podem ser perdidas para sempre. E a morada do esquecimento é terra que ninguém habita, mas cuja população é abundante.

— Darian!

Chegou o Matias! Finalmente, ah, finalmente! Como se encheu de alegria o corpo do menino quando viu o companheiro aproximar-se. Nem o incomodou o grito que quebrou o silêncio da mata, assustando as presas voadoras. Encontrar Matias era sempre motivo de alegria.

— Matias, rapaz, que demora pra tu vir! — reclamou ele, embora sorrisse.

Falar sorrindo assim, com naturalidade, na espontaneidade, é sempre bom sinal. O sorriso honesto, especialmente nos encontros, é quase sempre luz, foco sobre palco, felicidade, e tudo o que esse holofote ilumina tende a ser artefato de cena que aparece para animar a alma dos incomodados.

— Não, moço. — O outro também trazia, atravessando-lhe o corpo, uma capanga. Na mão direita, a baladeira amarela. — Eu fiz foi dormir demais! Mas saí ligeirinho, nem camisa botei. Reclame, não!

Era verdade. Matias estava sem camisa, o corpo preto suado de quem caminhou mata adentro atrás do parceiro, com o brilho de bronze lhe esculpindo os músculos dos peitos, dos braços e do abdômen, num dançar da anatomia que fazia o olho de Darian percorrer disfarçadamente, e sem jeito, com as pupilas, o corpo do rapaz. Seu jeans, mirrado e sujo, o da caça mesmo, cortava a nudez debaixo do umbigo. Foi rápido o movimento da cabeça de Darian pelo corpo do Matias, e o rapaz até tentou fazer com que o amigo não percebesse a intentona, mas a peleja foi inútil. O atrasado-sem-camisa reparou que o olho alheio o desenhou de cima a baixo, mas não disse nada. Gostava de ser visto, tinha o corpo esculpido pelas brincadeiras no mato, pela correria e pelo manusear, óbvio, da baladeira. Sabia que seduzia, e Darian não ficou de fora dos que são flechados pela beleza do rapaz. O alvo se desconcertou, disfarçou:

— Tu matou alguma?

— Uh-hum, tem uma aqui — disse Matias, e abriu a capanga pra mostrar a rolinha. — Mas eu vim ligeiro, então peguei só essa daqui, que tava fácil. Tava sozinha.

— Bom demais. — Darian percebeu a boca cheia de saliva. Salivou, e não sabia se por conta da rolinha morta, que lhe apetecia a barriga, ou se pelo corpo do amigo, que lhe apetecia, talvez, o juízo. — E agora, tu quer ir pra onde?

— Rapaz, tem um juazeiro ali que me disseram que tá ficando cheio de rolinha. Quer ir lá não?

— É longe?

— É nada, é na beira da estrada, mas tem que ir calado porque de vez em quando passa carro e moto, e só com isso os bichos já assustam.

— Não, pois então rumbora. É só tu falar baixo também, que tem hora que tu grita que agonia até minha cabeça!

— Sêbexta, Darian, quem faz mais zuada aqui é tu. Pode ver que quem mata mais rolinha sou eu. Rolinha tem que morrer no silêncio.

— Tu... Tu... — O menino deu uma gaitada — Tu tem dia que volta pra casa de capanga seca, rapaz! Cria vergonha! — E riu de novo.

— Ó aí tu gritando, rindo alto! Cala a boca, Darian, moço, oxe! — sussurrou Matias ao reclamar.

Tinha o intuito de fazer o amigo contribuir com a caça, mas também, era verdade, carregava em seu dizer um constrangimento amigável. Não era mentira: o Darian era mesmo melhor na caça.

Os dois funcionavam assim, pareciam roda de capoeira. Era uma brincadeira, um bom humor, uma alegria nas conversas, um ataca-defende sem ofensa, um desvia-bate sem causar dor; um jeito de existir fiel, em que o prazer estava, sobretudo, na companhia. O xingo ali se disfarçava de amor. Foram eles caminhando, o Matias à frente, marcando a terra quente com o espezinhar dos chinelos de dedo, nos carreiros vagos, em meio ao mato arrastado, este que dava o caminho rumo ao tal juazeiro. O filho de dona Leidiana não duvidou de que encontraria no tal pé de juá um bando de rolinhas. Não faltavam juazeiros no Saleiro, e os pomposos galhos de suas copas eram, de fato, moradas sublimes para as rolinhas. Gostavam da sombra, do espaço, do excesso e da segurança, as bichinhas. Será que sabiam que havia alguém, neste momento, querendo matá-las? E comê-las? E divertir-se? As pegadas dos dois, aos pares, ladrilharam o chão, deixando marcas na história que o vento apagaria; e, devagar, aproximaram-se os meninos do alvo.

O sol havia se escondido, algumas nuvens embranqueceram o azul e, feito arte, esculpiram o olhar dos caçadores. No perseguir, rolinha alguma surgiu ou alçou voo. Parecia até que ali, no depois-do-almoço, as bichinhas queriam descansar aliviadas de voos predatórios, ou de fugas das pedradas, escondendo-se em cantos ou recantos de galhos, casas.

Mas isso não duraria. Pois lá estava, como disse o Matias, à beira da estrada que passava quase longe deles, o pé de juá. Alto, solitário, soberbo, ignorante, com um raio de copa que fazia sombra pelo chão da mata e da estrada, que passava sozinha e vazia do outro lado, laranja, seca, marcada pelas rodas dos carros e das motos, dividindo o Saleiro no caminho de ida e volta. O descamisado quebrou o silêncio, baixinho:

— Olhe, Darian, eu vou imitar as bichas e tu presta atenção se elas vão responder. — Matias mirava com a testa amarrada pro alto do juazeiro, que a esta hora já se aproximava em alguns metros dos meninos. — Presta atenção e faz ligeiro, porque, se passar carro ou moto ali, eles vão espantar as rolinhas, e aí tu já viu... viagem perdida.

— Não, moço, deixe comigo. Vou ver se acerto rápido umas quatro, pelo menos. Elas vão voar, mas, se estiverem ali, tem muita. Aí dá pra pegar na mira nem que seja no voo mesmo. Daqui a gente vai pra casa, que mamãe vai fazer almoço pra gente.

Pactuaram o silêncio e a atenção. A ambição da caça fez a cabeça dos dois moços, que inclinaram o corpo como se, em vez de atirar, fossem atacar à mão certa presa violenta. Camuflaram-se no mato como bichos e se abaixaram ainda mais. Quando encostaram bem perto da copa do juazeiro, os dois, atentos, bisbilhotaram com o olhar os galhos da árvore à procura das bichinhas. Matias, que fez sinal de silêncio, com a cabeça, para Darian, respirou fundo, inflou o peito, que cresceu repleto de ar para próximo do queixo, e fez o canto da rolinha acontecer.

Esperaram.

Thuuu... Thuuu...
O som era grave, intenso, e Darian soube que, se tivesse mesmo rolinha ali, conforme prometeu o povo ao Matias, elas responderiam com rapidez ao chamado imitão.
Thuuu... Thuuu...
E responderam. E havia rolinhas. A caça estava garantida. Matias sorriu, feliz, com o peito já meio folgado do ar que gastou para imitar as aves-alvo. Expirou e, mais uma vez, inflou o peito, agora dizendo ao Darian com o olhar: *Vá, atire!*
Thuuu... Thuuu...
Darian pegou em sua capanga, sem tirar os olhos da copa do juazeiro, a primeira pedra que encontrou, bala boa para matar. Tinha de agir rápido. Armou o projétil no couro da baladeira e esticou o braço, procurando o lugar certo de atirar e tensionando as costas com força. Viu o bando de rolinhas empoleiradas, muitas delas, umas trinta. Eram rolinhas o suficiente pra conseguir matar ao menos cinco e levá-las pra casa. Faltou saltitar de alegria e esperança. A adrenalina e a pressão de fazer o acerto no corpo das bichinhas, enquanto o Matias as chamava, fez pulsar acelerado dentro do menino o coração...

— Bora Darian, atire! — O Matias cessou o assobio para olhar o amigo que ainda retesava o corpo em posição de atirador. — Atire logo! — E falava sussurrando, enquanto o chamar das bichinhas, que em resposta também cantavam, era interrompido.

Voltou a fazê-lo, com raiva:
Thuuu... Thuuu...
— Tem uma rolinha diferente ali embaixo, Matias, presta atenção. Ali embaixo, ó, do lado do juazeiro, do tronco. Tá vendo? Brancona, a bicha. Grande, bonita!

Segurou-se inquieto o silêncio.

— Tô vendo! Tô vendo! — E viu mesmo, o sem camisa. Procurou com o olho afiado a bicha diferente e também estranhou seu tamanho e sua forma. — Tô vendo! Vai atirar nela, é?

Thuuu... Thuuu...

— Vou, eu vou! Mas ô bicha diferente. Olha lá, se mexeu! Parece que tá é de costas pra gente! Ela tá em cima de quê, será? Parece que flutua. Grande!

Darian queria cessar a caça pra ver de perto aquela rolinha estranha, atípica, mas bonita e formosa, grande, que refletia a luz do dia de tão alva, empoleirada, quase flutuando, a uma altura que dava pra ver sem olhar pra cima. Matias insistiu:

— Ô, Darian! Atire logo! Eu também quero ver de perto!

Thuuu... Thuuu...

Darian então firmou a mira, botou o alvo no centro da pedra, esticou a baladeira e com muita força segurou a forquilha. Arrastou o elástico muito para trás, para que o tiro fosse só um e certeiro, intenso. Atirou. O barulho da pedra arremessada zarpou o tempo, e, num sopapo, acabou pegando em cheio a rolinha singular. Mantiveram-se calados. O tiro acertou a bicha, com certeza. Ouviu-se o estalo, um som forte de algo que se quebrava, amplo mas abafado. E, então, os moços se entreolharam assustados com o que talvez fosse o tamanho da presa que tinham acabado de matar. Sorriram. A rolinha grandona e branca despencou no chão e sumiu da vista dos dois. As outras aves, o bando da copa do juazeiro, com a barulheira que se deu depois do tiro, com o farfalhar do mato seco que gritava aos pés dos rapazes, com as risadas-confetes para presa assassinada, esvoaçaram, abandonaram a galharia. Ao longe, mais canários faziam acontecer o dia e lembravam os meninos de que a realidade, bonita, chamava por eles. O delírio da caça havia de ter fim, estava quase na hora de parar por hoje. Mas para isso eles não davam tanta atenção, pois foram fisgados pela fantasia enervada da caça bem-feita.

— Eita tiro bonito, Darian! Duma só vez... *Tum!* — elogiava Matias, sem inveja. Afinal, eram uma dupla, o que um fazia era do outro também... ou ao menos era pra ser.

— Não, moço, tô dizendo! Nesse eu botei foi força. Que eu não ia deixar uma dessas escapar. Bora pegar ela e ir pra casa.

Pronto. Aproximaram-se do juazeiro e... O susto. Pararam de caminhar e aquietaram o facho, nervosos. Havia muito sangue no chão. Sangue demais. *Sangue demais.* Uma poça de sangue se arrastava, e parecia vir de um lugar ali, perto donde estava a tal rolinha diferente. Mas nunca haviam derramado tanto sangue de rolinha, com pedra alguma, e aquilo não se explicava pelo que tinha acabado de acontecer. Avançaram devagar, um olhou pro outro e... E então a alegria, a empolgação dos rapazes, deram lugar ao medo, que de repente pareceu banhar seus corpos inteiros, como água gelada vinda de biqueira, travando abertos e assustados os dois olhos grandes e escuros de Darian. Viram o que tinham feito. Lá estava, à frente dos dois e na base do juazeiro, o corpo de uma mulher. Uma mulher idosa, caída no chão com a cabeça amassada, esburacada, da pedrada que recebera da baladeira do Darian. Do buraco, minava o sangue vermelho-escuro, quente, que molhava o chão árido do Saleiro. Aquela terra de beira de estrada, naquele momento, recebeu sangue como se recebesse chuva, e, seca, bebeu-o até não aguentar mais.

Petrificado, sem acreditar ou entender o que havia acontecido, Darian ficou ali, imóvel, olhando o corpo da mulher com a cabeça estourada, cujo coque branco, grande, bem amarrado, que minutos antes iludiu-o com a imagem de um pássaro distinto — meu Deus, que coisa absurda —, desfez-se num emaranhado sangrento e úmido, molhado, vermelho, intenso, que se apagou ao encontrar o solo. Desesperado, com um medo irreconhecível, o coração para sair pela boca, o corpo tenso, e os pelos e os cabelos do corpo arrepiados com o assombro da situação; as pernas bambas, os joelhos dando em falso, o pescoço doendo de temor, o susto arrefecendo seu interior feito gelo. Darian não conseguia dar conta, exatamente, de assimilar a cena.

Quando parou de olhar para o corpo da velha e procurou pelo Matias ao seu lado, não o encontrou. Foi trazido à realidade por gritos alheios e quase distantes que eram assim: *"Meu Deus, meu Deus, o que foi isso, meu Deus?"*. Era o Matias, que, desorientado, vacilante, chorando e gritando, corria desatinado pela mata aberta, rumo ao Saleiro.

4

Ajuntaram-se tempos depois. E o fizeram porque há certo apelo à paixão para o escape da desgraça. Sentimento confuso, caminho de fuga, rota para um lugar menos doloroso. É exatamente sobre a paixão que se debruçam aqueles que no respiro da vida se afogam em amargor. Abraçar a paixão é, vez ou outra, fugir. De si ou de um antigo eu. É abandonar o passado rubricando o próprio nome num contrato de apego ao futuro, um novo futuro, um no qual os temores dão lugar ao aprender-lidar com o insuportável. Não estranhe o leitor quando é aqui evocada com espanto a paixão. Mas é súbita a paixão. Ninguém a espera, ninguém a vê, e quando chega corta tudo, parte ao meio os planos criados, cria novos horizontes, e tem a audácia e o poder de, se um dia quiser desse horizonte se livrar, queimá-lo num incêndio. Mergulhar no amor é atirar-se num abismo que nos encharca de aventuras, no qual o muito ainda é pouco, e o pouco, quando há, nos alimenta enquanto observa a miséria.

    Darian e Matias foram esquartejados pelo ajuntar-se de sopapo. Porque não havia escolha. Não havia para onde correr, nem o céu nem a terra iriam compreendê-los diante do evento que lhes rasgou a vida e os uniu em retalhos, num enlace único e criminoso, repentino, do qual para escaparem havia uma e apenas uma alternativa: manter tudo em segredo.

...

Naquele dia, Darian correu atrás do cúmplice, correu como se devesse fugir e se agarrar a algo. Derrubou Matias quando o alcançou, abraçou-o contra o chão e estapeou-o no rosto. Havia de arrancá-lo do transe delirante que o assassinato, sim, assassinato, o fez afundar. Matias gritava, o pânico exposto nos olhos esbugalhados.

— Não fui eu! Foi você, Darian, tu matou ela!

— Matias, pelo amor de Deus, para de gritar! Para de gritar, fidirrapariga!

E lhe estapeou mais uma vez. A terra do solo fazia poeira e sujava as costas desnudas de Matias, ele encurralado no solo, sob o corpo de Darian, que lhe impunha força sobre os braços, contra o chão.

— Não fui eu, Darian! Quem fez aquilo ali foi tu! Foi tu!

Darian, enfurecido, lançou sobre o rosto de Matias o cotovelo. Arrancou-lhe sangue. Matias, sentindo o amargor do vermelho na boca, engolindo com desgosto o descer da raiva pela garganta, não teve outra opção: pôde apenas calar-se. E Darian sentiu-se à parte do mundo. A razão zarpou para longe, e seu corpo pôs-se acorrentado a um barco que viajou riacho adentro sobre uma água parada, sem vento para levar ou trazer suas toneladas flutuantes a qualquer caminho. Era o vácuo, o nada. O silêncio tomou conta dos dois, em conflito, um em defesa, outro em ataque, que fugia de si sem saber para onde ia, desesperado pela tragédia que encontrou com seus próprios olhos e atos. Já não havia o haver, o passado não se transformaria em algo desfeito, os dizeres não seriam desditos nem apagados, o que se consumou havia, de alguma maneira, de ser continuado.

— A gente não pode contar pra ninguém o que aconteceu aqui. Pra ninguém. Não é pra ninguém saber que a gente tava aqui, não é pra ninguém saber! — Darian tinha raiva esplendorosa, uma luz que lhe envolvia a testa e que flamejava ódio e medo. — E se tu disser pra alguém o que aconteceu aqui, eu te mato, tá ouvindo?! Eu te mato, Matias. Eu pego uma pedra daquelas ali e rumo ela bem no meio da tua fuça! Cala a tua boca! — Matias, estarrecido sobre o solo, com areia até os olhos e sangue escorrendo pela bochecha, balançou a cabeça, paralisado pelo desespero. Darian insistiu: — Isso aqui foi tanto tu quanto eu. Tu que trouxe a gente pra esse juazeiro, essa porra. Foi tu que me arrastou pra cá. Tu cala a boca.

O assassino-de-baladeira folgou os punhos com os quais agarrava o amigo, um certo apreço envolvendo-lhe os olhos, que agora clamavam por algum perdão e provocavam inadequada melancolia, num lugar de tristeza concreta que levitou o corpo de Darian e o arremessou sentado ao lado de Matias. Começaram a chorar. Um choro, dois choros, pesados, que lhes faziam pressão na nuca e lhes envergavam o corpo. Um avesso ao contrário fez estardalhaço no peito dos rapazes, e Darian gritou copiosamente por não suportar a culpa imediata que cavoucou buraco em seu âmago. E era ela, a culpa, a inacreditável culpa partida da indomável catástrofe; ela, com uma arma amolada, esfaqueou o peito dos rapazes e lhes estraçalhou do lado de dentro, sem qualquer premeditação. Pegou-os de surpresa. E agora gritava também Matias, deitado, derrubado. O rosto ensanguentado, o vermelho misturando-se com a baba, o cuspe do chororô escorrendo por seu pescoço nu. Darian, do outro lado, implorava piedade ao destino. O que haviam feito para que aquilo acontecesse? Não acreditava no que tinha acabado de fazer. E fez? Fez mesmo aquilo? Podia ter sido uma alucinação, delírio que o colocou num lugar mentiroso onde as intenções de nada valiam. Levantou-se do solo. Começou a caminhar em círculos, o cúmplice no chão. Então deu passos rumo à cena da desgraça. Carecia de ver, ainda embriagado com certa antipatia da razão, as pupilas turvas pelo desenho cruel da inconsequência que se esboça como quer e não dá a seus súditos verdadeiras escolhas; carecia de ver a tragédia que se construiu com os pedaços de felicidade que ele e o amigo haviam saído de casa para caçar.

Zonzo, com certa névoa escura atrapalhando a vista, Darian avançou com rapidez para onde havia caído no chão a velha defunta. Os pés trêmulos, o peito em batedeira. Conforme se aproximava, diminuiu o passo, viu o sangue, deslumbrou-se bestializado e horrorizado com o que se deparava à frente dele. Nada passou por seus miolos. Mais uma vez, foi resgatado pelo vazio, e aquele estado à deriva o tomou de solavanco enquanto se balançavam por dentro as estruturas. Vomitou. Pela goela a acidez o fez cair à realidade de dentro para fora, num queimar amargo que o arrematou envergado, destroçando-o tórax adentro, enquanto o fazia lembrar-se de que ele, diferente da idosa caída à frente, estava vivo. O infortúnio pairou sobre a cabeça, um capacete de culpa e medo o apertou, tudo começou a doer e ele voltou a golfar. Colocou para fora apenas bile, não havia o que sair de dentro, não mais. Saiu apenas o desespero pela solução, pelo desfazer, pelo desdizer que não pode ser desdito.

Retornou ao Matias. Olhou para o amigo com pena, mas também com culpa, porque os dois faziam parte daquilo, mas um mais do que o outro. Parecia que, dos dois, Matias traçou e levou o outro ao caminho do abismo. Frente ao precipício, entretanto, foi Darian quem empurrou o amigo para depois jogar-se. Acabou com tudo... ou começou. Agarrou Matias pelas pelas mãos, botou-o de pé e disse:
— Simbora.

5

É verdade que as tragédias comovem muito do tudo. E, neste espetáculo destrutivo, o que era deixa de ser e o que ainda não é torna-se. Voltemos a falar do amor de Darian e Matias.

Crescer juntos fez com que os dois rapazes despertassem, um no outro, o desejo. Basta que se repare nos olhos de Darian sobre o corpo quando desnudo de Matias, durante as brincadeiras do caçar-rolinhas que os aproximou cedo e os deixou ainda mais próximos no entardecer da vida. Tornaram-se jovens adultos que se amavam, e já haviam encontrado um no outro certa fonte d'água para matar a sede. O suor alheio, por vezes, alimentou as bocas secas que vagueavam lajeiros adentro enquanto, sozinhos, mergulhavam na mata fazendo o *thuuu-thuuu* conhecido, chamariz de suas presas.

E houve vezes em que o suor era o motivo do sair de casa. Claro, Matias e Darian sabiam que nos encontros — não em todos — as rolinhas e a brincadeira da caça eram, em parte, a desculpa para os enlaces às escondidas nos quais um alimentaria o outro com a seiva da própria carne, espremida pelo calor da caatinga, que seria o cenário clandestino para o qual os dois se refugiaram no dentro. Na primeira vez que o mastigar carnal se deu, os rapazes haviam se escondido debaixo de uma algaroba na tentativa inútil e provocativa de se esquivarem da chuva. Chuviscava, na verdade. À época, a mata havia cessado sua fúria calorenta e anunciava a chegada das boas novas molhaduras, em pouco tempo trazendo o cheiro de barro que sairia do solo úmido, empesteando as narinas do povo do Saleiro e fazendo escorrer felicidade corpo adentro dos rapazes. Como era bom quando chovia. E, naquele dia, chuviscou.

Matias e Darian, que saíram de casa cedo para a brincadeira costumeira, não se prepararam para a mudança do tempo — não tinha nuvens carregadas, e o sol, astro indolente, pairava acima e fazia o som do mato resplandecer em alto tom, *zuuummmmmmm, zeeeinnnnn*. O zunir vibrava, os passos dos rapazes faziam o chão anunciar seus caminhos, o calor queimava o que sob ele se escondesse, o azul do claro céu embelezava as vistas, e os meninos conversavam as futilidades do caçar-rolinhas: futilidades porque não havia naquele tagarelar qualquer discussão profunda, não para os dois, não mais. Matias e Darian caçavam rolinhas havia tanto tempo que com naturalidade já tinham mergulhado, cada um à própria maneira, em seus buracos pessoais cavados pela repetição do labor. Já dominavam o ato, esgotaram as navegações sobre esse mar, não havia mais solo a ser capinado.

— Ó, Darian, tá chovendo. E a água tá gelada, viu? — O espinhaço gelava com o tocar dos chuviscos. — Tô é com frio!

— Homem, vamos ali pra debaixo daquele pé-de-pau! Já, já passa. Chuva nesse tempo aqui é coisa ligeira, tá só começando, é só o tempo virando e se amostrando.

É engraçado o julgar do tempo. E Darian sabia de tudo. Tamanha sua audácia, sempre mais à frente que ele próprio, o fez pensar que havia em seu corpo poder de lançar sobre o sublime julgamentos. "É só o tempo virando e se amostrando." Quanta petulância! Há de se expor às punições e correções da vida o sujeito que acredita sobre tudo, tudo saber. Darian tinha disto sobre o peito: achava saber demais, coisas demais, e cruelmente julgava — sempre cheio de julgamentos — a inocência alheia daqueles que com humildade baixavam a cabeça diante do que estava sobre a vida consolidado. Sábios os homens que se ajoelham frente ao tempo... e tolos os outros.

O pé-de-pau que chamou a atenção de Darian para fingir-se casa era um pé de algaroba. Tinha a copa alta, não muito concentrada, era dispersa e não parecia ser um bom lugar para se proteger da chuva. Os troncos tortuosos inclinavam-se rumo aos céus e deles caíam, à medida que os chuviscos se intensificaram, ramos da árvore, pequenas folhas, verdinhas, amarelas, algumas secas, depositando-se sobre o chão como se confortassem o lugar que seria espaço para derrame de sumo do emaranhar daqueles dois, que, a esta hora, a esta data, já desenhavam na cabeça o momento em que tornariam em matéria seus desejos.

Encostaram os dois no tronco da algaroba, tiraram as capangas dos ombros, olharam para o tempo, compartilharam alguns suspiros e começaram a dividir, um com o outro, os dois com o silêncio, o esperar cessar da chuva, que já caía, ainda fraca. Não estavam secos. Havia um escorrer d'água que lubrificava suas peles, o peito de Matias com gotas em ponto de orvalho multiplicando-se especialmente nos vincos. Darian olhou-o de cima a baixo, farto da espera, mas desejoso de algo: o outro. Matias devolveu o ver, tenso, mas sabendo onde depositava a alma — nada daquilo era novidade. Sabiam eles que, em algum momento, encontrariam o cruzar. Avançaram um sobre o outro.

6

Desde que se tornaram um o buraco do outro, ainda adolescentes-homens, não podiam quebrar silêncios sobre si. Cresceram e brincavam nos lajeiros sob a redoma da confiança criada pelo tempo, cujo sigilo era garantido pelo silêncio de suas bocas em parceria com a ventania piadeira da caatinga. Eram toca, um tatu do outro, e se entre os dois havia o avessar-se, resguardado num lugar protegido, existia também, por outro lado, importante perigo: a paróquia.

Padre Eustáquio apossou-se da fé do Saleiro quando chegou ao povoado e instalou no meio do lugar, num casebre abandonado que pairava calado sobre o solo alaranjado, a *igreja do Saleiro*. Era esse — e ficou sendo esse — o nome. Nenhum santo a batizara, ninguém a entregou com nomes distintos aos céus: a igreja do Saleiro fez-se ali concreta, sem rótulo ou fachada decorada, tímida.

Figura curiosa, o padre Eustáquio viu no Saleiro lá de trás a oportunidade de encaixar na cabeça das pessoas seus símbolos. Assim, após uma visita ao lugar feita pelo seminário onde se formara servo de Deus e mensageiro do divino, incutiu-se pela ideia de firmar naquele solo os pés e entregar ao povoado, com as próprias mãos, o caminho para a salvação.

Ainda seminarista, em tempo de visitas a povoados, num trabalho missionário que ocupava a ele e aos colegas a cabeça e o passar das horas, de vez em quando entediado, mas quase sempre animado, Eustáquio chegou ao Saleiro para fazer um dia de evangelho. À época, era frequente a atividade, quase rotina, para fazer jus aos fatos: nada mais comum do que caravanas de igreja visitando povoados e enchendo-os os olhos com o futuro promissor daqueles que temem a Deus. O pisar no Saleiro, porém, foi diferente.

Algo pouco fácil de definir, um aroma esquisito, um vento com textura estranha, um bater do sol desalinhado na pele, um solo torto e rabiscado pelas desconjuntadas atitudes dos homens e das mulheres; uma fotografia descabida, algo fora do que se esperava, um estranho som de mata e de vozes longínquas que faziam fofoca, os olhares do povo: flechadas curiosas, cada um com importante solidão a pregar-se em suas vítimas; um existir enfadonho, algo solitário, a presença bagunçada dos sujeitos. Algo pouco fácil de definir: nebuloso, quase obscuro, turvo — já disse, pouco fácil de definir. Havia isso. E isso tornou o pisar no Saleiro magnético, o algo grudou Eustáquio no lugar, que logo virou alvo, meta, tornou-se o querer, e aquilo que era definição confusa veio a ser o vir, o futuro, a espera. Às vezes perdemo-nos no porvir. Há os sujeitos que se deslumbram com a primeira impressão do inesperado e, defronte dele, deliram, veem o tudo como o nada, o igual vira o diferente, e nessa dança o inventado torna-se verdade, assumindo o pedestal e a postura da salvação própria. Há quem, neste campo inóspito, contradiz-se da esperança e caminha lado a lado com o desacreditar, num reclamar contínuo, no qual a vida não é capaz de ser bom fim em si. E há os relutantes, os que não são uma coisa ou outra, que deixam o porvir acontecer em sua naturalidade, quando a espera faz mais sentido que a busca, e o inesperado emerge do solo como uma possibilidade aceitável do caminho a ser descoberto. Diante do Saleiro, deve-se dizer, Eustáquio delirou. Habitou o espaço desocupado do observar silencioso e apenas deixou-se apedrejar pelo sentir, enquanto todas aquelas coisas que ocuparam seu olhar fizeram de si matéria nas formas do povoado sertanejo. Não havia algo de estupendo no lugar, e, apesar de suas impressões narrarem, aparentemente, o contrário, todas as características que viu cantarem os próprios nomes ao encontrar com o devaneio de ver pela primeira vez aquele lugar eram, em verdade, banais. Nada que não houvesse visto antes. Mas algo. Algo o quis fazer fincar por ali os pés.

Em seu retorno ao Seminário, quando pôde conversar com bispos, Eustáquio sentiu-se abraçado pela misericórdia do Senhor. Um dos bispos lhe disse, em certo momento de angústia, que esta coisa, este incômodo no peito, esta angústia que sentia ao pensar no tal Saleiro era — na verdade, poderia ser — um chamado do Senhor. Que deleite! É tudo o que quer um servo, não? Um chamado do Senhor! Como um apaixonado, envolveu-se com cordas nessa possibilidade e acreditou piamente ser essa a resposta para suas aparas existenciais: mas é claro! Um chamado do Senhor! Iria o Eustáquio, pois, ao tornar-se padre, figurar como o primeiro homem de igreja do Saleiro.

Não havia igrejas no Saleiro. O povo dali era de fé sem nome, onde Deus, e deuses, existia, e existiam, e onde o diabo, com as orações, rezas e clamores dos mais velhos, havia de temer a passagem. Vendo o povo distante da verdade, depois de se sentir escolhido pelo Senhor, Eustáquio tomou para si a função de abençoá-los com a salvação, numa missão jesuítica na qual iria ele apresentar para aqueles homens a fé, para a qual se renderiam. Ou isso, ou entregariam a alma ao diabo.

    Ah, é, o diabo. Foi por temor ao bicho ruim que a mãe do padre Eustáquio imputou-lhe a bata. E por ser infeliz também. Dona Célia havia perdido alguns muitos desejos de moça jovem no cantar da vida frustrada. Três casamentos violentos e incoercivelmente findados diante de uma impossibilidade de abraço da felicidade. Acabados. E um embolar-corpos com um homem que não lhe podia ceder amor. E a felicidade? Mas que coisa birrenta é a felicidade. Quando decide não ceder ao encontro, esconde-se num buraco e finge não existir; e, não existindo, engana quem a olha e não a vê, desiludindo o sujeito antes esperançoso, jogando-o num calabouço onde o que lhe cerca é a desesperança e o medo da desesperança. Era assim mesmo, desesperada, que dona Célia certamente estava quando resolveu imputar sobre o filho a bata. Infeliz, houve um dia em que clamou ao Senhor a salvação de seu caminho. Pediu-lhe um abraço, implorou o encontro da felicidade, queria que o Deus a deixasse vivenciar a alegria ao menos uma vez, por que não? Julgava-se tão infeliz, e, neste tempo, lembrou-se dos choros, de quando apenas chorava, e até molhou a boca seca com certo sabor de águas contentes, de menina, quando ainda era Célia, e não dona, mas viu que eram poucos os encontros com a felicidade. Obcecou-se pela ideia de estar feliz, porque parecia ser tudo o que lhe faltava, ou boa parte do tudo o que lhe faltava, e rogou sobre o filho, quando ele ainda no bucho estava, a obrigação do pagamento ao divino: disse que, se passasse a ser feliz, em nome de Deus, colocaria o menino pra ser padre.

    Dona Célia era fiel da matriz quando lhe apontou aos olhos a graça. Um padre novo fez piada ao fim de um sermão daquele outubro tão mesma-coisa. Contou aos devotos alguma anedota e fez rir os miolos do povo e de dona Célia. Eustáquio em casa adormecido, como fazia nas missas dominicais. Mas era terça-feira, e foi à igreja porque lhe haviam falado do novo padre, chegado na semana anterior. O padre Raimundo, antecessor deste, a quem dona Célia confinava certos pecados e outros desejos, fora mandado embora. Trouxeram o novo e, dado o brilho no olhar deste homem jovem, não restou para dona Célia qualquer saudade do antigo.

    Padre Raimundo, com o tempo e os aniversários de Eustáquio, habitaria o lugar frágil e rabiscado da memória. Bom condutor dos fiéis e das ovelhas, o padre de coração afiado viu nascer em dona Célia o amor pelo filho ainda na barriga; mas também a viu se tornar ser frustrado, quando passou a dedicar à igreja imenso pedaço de sua tristeza, que com o seu o menino crescia. Padre Raimundo foi quem acompanhou o engravidar acontecido abraçado no calor da água-benta ungida pelo dedo de Deus, a prenha envolvida pelo conhecimento antigo das parteiras devotas da igreja matriz.

    — Ando triste, Raimundo — dizia dona Célia, na metade de sua gestação, quando lhe deu saudade do padre, que agora só encontrava nas missas. — Nunca estive tão triste.

    — E está triste com o quê, dona Célia? — perguntava ele sério, não cedia a qualquer tom de melancolia brincalhona ou arteira, perigosa.

— O senhor sumiu...

— Dona Célia. A senhora sabe que a felicidade está no altar divino, estou nesta igreja todos os dias...

— Ando triste, Raimundo... Tu nunca foi nem lá em casa mais, e fiz bolo umas três vezes nesta semana. Nada do senhor! Nem pra café apareceu mais! — E pôs-se a chorar sob certo drama. A face em lágrimas, as bochechas brilhosas. Soluçava. — Ando triste, Raimundo! Tão triste, que estou distante de tudo, nunca me vi tão triste!

— O altar divino é a felicidade, dona Célia — enfatizou, não deixando cair qualquer pesar sobre os ombros. Seu olhar não fazia teto para a culpa e, em sua cabeça, não havia zumbido do arrependimento.

O sacerdote não mais visitava a mulher por decisão própria, ou, se não por decisão própria, por obediência a sonhos, recados divinos, avisos celestiais enviados para seu juízo nas últimas noites, repetição, narrativa apocalíptica, dizendo-lhe para encerrar os atos. Dos cafés, dos bolos, dos encontros.

Dona Célia um dia entendeu, ainda mais entristecida, que não era nas mãos de padre Raimundo que lhe havia de ser notada a felicidade. A frustração havia se instalado em seu corpo, feito-a casa, selado-a como mula, e num fatigado galope transformou sua vida num percorrer caminho triste. Em uma noite à mercê da friagem, assim que chegou da missa se ajoelhou ao pé da cama, a barriga inevitavelmente dura e redonda, os olhos fechados e a cara retorcida. Acotovelou com força o colchão murcho e pediu, desesperada.

— Senhor, o senhor que me tirou o amor, a vontade de viver, e agora de mim o pai desse menino, me dê a felicidade. Me dê a alegria, que, se eu for feliz de novo, lhe dou meu menino pra sempre. Se eu for, meu Deus, mulher feliz de novo, e estou dizendo isso com muita garantia, ou isso ou não sou mais mulher serva tua... Se eu for, meu Deus, mulher feliz de novo, te dou Eustáquio pra te servir. Boto o menino na igreja e na igreja ele será teu. O filho é teu, Senhor, e não meu, se eu for feliz. Entrego ao Seminário, já me disseram que lá é bom. Fico sem meu filho, Senhor, fico sem meu filho, mas quero a felicidade, eu não aguento mais ser triste, amém.

Num trote lamurioso avançou a vida, e o tempo pôs fim aos nove meses do menino na barriga, a parteira segurando Eustáquio pelas mãos, acolhendo a mulher que chorava de dor, de alívio e de tristeza.

...

E foi a chegada do novo padre, aquele que contou a anedota e fez rir alguns miolos, que pôs luz nos caminhos de dona Célia. Naquela missa da terça-feira, o menino em casa, molhada de curiosidade e escorregando pela igreja, a mulher-mãe tristonha viu num esquisito calor a provável resposta para sua oração clamorosa de meses antes. Como era bonito o padre João.

Fim do sermão, os fiéis da matriz se encaminharam para casa, restaram na igreja o padre João e a dona Célia, ela com sua tristeza e sua curiosidade, seu fogo.

— O senhor não é daqui, não.

— Qual o nome da senhora? A paz do Senhor!

— Célia. A paz. O senhor não é daqui de perto, não. — Uma voz de tom invertido, invasivo, pelejando, disposta e determinada a incomodar. — O jeito que o senhor reza a missa é diferente.

— Eu sou mesmo, não, dona Célia. Sou lá das Minas, a senhora conhece? As Minas Gerais?

— Conheço, não, mas já ouvi falar. Um ex-marido meu foi embora pra essas bandas trabalhar em firma. Só me largou e foi. Me largou e foi!

— Sinto muito, dona Célia.

— Só me largou e foi! E eu fiquei. Fiquei e vou ficando. Fico aqui na igreja...

— Que bom, dona Célia. A igreja é mesmo um ótimo lugar para ficar.

— Padre Raimundo me disse que a igreja era o lugar da felicidade. O padre que veio antes do senhor. Que também largou a gente aqui e foi, me largou e foi! E a gente continua ficando!

— Padre Raimundo não estava errado, dona Célia. A igreja é mesmo o lugar da felicidade.

No dia seguinte, durante a manhã, havia café e bolo de laranja prontos para o padre João, ainda cedo. Como era bonito o padre João. Entregou-lhe em casa pedaços do bolo e café preto forte, bem passado. Ele agradeceu, acatou-a como amiga para dentro de sua morada, que ficava aos fundos da igreja onde rezava as missas, e se encheu de comida boa e conversas incômodas, invasivas, tudo invadindo a casa do padre, atrás da igreja, paredes grudadas. Têm ouvidos essas paredes? Bocas? Olhos?

Eustáquio dormia na rede. Menino que dorme! E mãe que apronta. Dona Célia sempre foi afeita ao sono do filho. Quando não era mãe, era fuga. Dava a sorte de sempre chegar à casa antes de o mocinho acordar, e nunca contou com qualquer imprevisto. Naquele dia não foi diferente. Olhou-se no espelho envelhecido do banheiro e sorriu. Sorriu!

Estava suada, os cabelos, alguns brancos, grudavam sobre a pele e formavam desenhos e nós, enquanto denunciavam uma ousadia insolente, a blasfêmia, o pecado. Percebeu os caminhos-fios e voltou a sorrir. Estava feliz. Era ela, a felicidade. Deturpada. Eis aí, leitor, a felicidade, mais uma vez fazendo-se coisa estranha. Chegou sob a subversão, desobediente, blasfemante, denunciada. *Cá estou*, disse, *cá estou, olhe eu de novo!*, gritava no espelho, no rosto de dona Célia, feito quem queria arranjar briga esbanjando presença. *Cá estou, não era a mim que você queria? Não era a mim que você queria, sua promíscua, corajosa, sonsa! Cá estou! E tu aí de novo, arrumando confusão e suor com padre. Não te envergonha ser assim, puta? Maria-igreja! Mas cá estou, te torturo, mas existo, e vai fazer o que se não me abraçar? Venha a mim! Promíscua! E me abraça, é? Me abraça! Pois já que me abraça cumpra para Deus a promessa! Não sou eu presente divino? Cumpra! Cumpra para Deus a promessa!*

O menino!

Eustáquio chorou na rede, e dona Célia de súbito quis chorar, agora preocupada. Havia feito a promessa e, abraçada à felicidade, deu a hora de cumprir o acordo com o Senhor. Ajoelhou-se à cama e pôs-se a rezar. Pediu ao divino que esperasse ao menos que o menino crescesse um tanto. Será? Rezava ansiosa, *tum-ta-ta-ta-tum-ta-tum*, eufórica, ofegante. De repente, pareceu urgente que se livrasse do Eustáquio, que desse logo o menino a Deus, porque, e se demorasse? Se levasse muito tempo, anos para o menino crescer, para entregá-lo aos padres e aos bispos, e, nesse correr da vida, perdesse o laço que acabara de construir com a alegria, com a felicidade? Não. Não daria as mãos à tristeza de novo.

Depois, descobriu com o padre João, após bolos e cafés — viraram hábitos o café da manhã e o sorriso do espelho, os nós dos cabelos, o abraço da alegria... —, que se abria um seminário ali por perto e que aceitavam crianças. Não aceitavam crianças tão novas, mas para ela talvez abrissem uma exceção, afinal havia na história uma promessa. E, certamente, o próprio padre João se encarregaria de livrar-se, digo, de despachar o menino Eustáquio rumo à fé, a pedido da mãe, sua filha de missão, sua ovelha.

Explicada a promessa, a coordenação do seminário aceitou a criança, Eustáquio fora levado dentro de uma Hilux que passou pelo povoado. Um bispo a dirigia. E dona Célia ficou. Missionária, compunha as missas ao lado do padre João, e, quando este fora embora da igreja matriz, levou-a consigo, companheira de fé. Moravam juntos os dois nas casas de padres, por onde passassem, ano após ano, geralmente atrás das igrejas, paredes gêmeas. Paga a promessa, encontrada a felicidade, houve desde então, sob o teto do sagrado, café da manhã, suor e sorrisos ao espelho. Eustáquio no seminário.

...

Não foram as primeiras missas que atraíram os fiéis do Saleiro. Não se constrói um império do dia para a noite, e se tratava de um império o que ambicionava o padre Eustáquio. Num império há imagens, há ídolos, mitos; histórias, *história*, passado, verdades, mentiras, meias-verdades, meias-mentiras, o inventado, *a invenção*. A invenção, leitor, convida. Quando se inventa algo, especialmente quando o inventado é absurdo, olhos apontam para a criatura, desejosos por respostas. A invenção também cria esperança de que, enquanto coisa criada, renova um girar absurdo, no qual o vazio é feito e preenchido com a violência do nada. Porque a invenção é isto: o nada em ação, a matéria briguenta do coisa-alguma, não existência que perambula, tragédia anunciada.

Foi sabendo do papel da invenção e do nada para um império que padre Eustáquio teve uma visão. Numa das missas rezadas no Saleiro, a igreja impiedosa, paróquia, quatro paredes, o dourado, os santos, cruzes, cartazes, calendários; domingo após domingo, numa das missas, soltou ao vento o padre Eustáquio sua invenção:

— Eu sei que vocês, aqui, são poucos. — Estava já nos finalmentes e falava com dez ou quinze gatos-pingados sob aquele teto divino, o divino criado, também invenção, parte do império. — Mas Deus, esta noite, me mostrou uma. Coisa. E eu vi. Com meus próprios olhos. A prosperidade. Do Saleiro. E haverá sangue e. Uma mulher vai chegar. Vai chegar e. Vai. Embora. Mas vai ficar. Vai. Molhar o solo desta terra com o vermelho de seu próprio sangue e, fazendo isto, vai abençoar esta terra e, dali em diante, este povo e para sempre será uma santa, uma santa no Saleiro, Deus não me disse o nome da santa, mas me mostrou a mulher sua morte e o sangue e depois irmãos — agitado, animado, inquieto, sem fazer pausas, a testa em brilho sob suor — nascerá um novo Saleiro a prosperidade a fartura as bênçãos o livramento famílias inteiras eu vi ficarem abastadas seus filhos doutores depois de se devotarem à santa do Saleiro que chegará piedosa e cuidadosa mãe tia e avó do povo mas será a tragédia que a trará e se vocês creem que digam amém.

Amém, uníssonos disseram; o discurso do padre, a visão, os corações acelerados, êxtase.

7

Em conforto, coube sobre as mãos do povoado a expectativa de uma vida melhor. Havia certo tempo o lugar afundava em dívidas com fosse lá quem mandasse no mundo: o gado morria doente sabia-se lá de quê, com pústulas sobre seus pelos fazendo a pele arder, e o corpo, em espírito e membros, enfraquecer, de modo que padeciam para a morte em bando, pobres as rezes; a carne começou a faltar nos açougues, e onde ela não faltava tinha certamente o preço aumentado; a chuva fazia-se ausente, e faltaram também a bem-vinda mata esverdeada, o capim, as plantações, que deixaram de alimentar algumas das criações, elas que agora comiam ração preparada com certo improviso por seus donos; os galinheiros seguiam bem alimentados, felizmente, mas previa-se pelos comércios próximos que não tardaria o milho encarecer. O calor havia se estabelecido de tal modo que sair ao meio-dia de sob o teto de casa se tornara inviável. Com esta quentura, todos entristeceram, em uníssono, como em sintonia doente, e desde ali, naquela época, um *amorgar* da alma dominou o povo do Saleiro de cima para baixo. Há de se entender que o calor entristece. E não sei se o leitor já esteve sob intenso calor do tempo, quando o sol é impiedoso, implacável sem seu combatente inverno. Quando em guerra o sol, batalhão, investe tudo o que tem sobre seus atordoados inimigos, e estes sem os melhores escudos padecem sob luz e chamas. Já esteve o leitor nesse conflito? Quando arde a terra quente, piso de panela, lenha acesa, onde não vingam raízes, e quando a flor que se vê pelo caminho é o espinho suculento que pavimenta a estrada, as propriedades e os tremores de um chão que queima, palco da guerra homem contra sol, bicho contra o tempo; guerra perdida, vê-se. Já encarou o leitor a tristeza e o luto de um calor insuportável? Porque o calor entristece. Quando não desejado, quando não é bem-vindo, quando não traz a boa vista e o acalanto, o conforto; quando pesa a mão e é fruto de artilharia do tempo e do destino. Quando não é bom, o calor é mau. E suaram muito, faziam chuva, seus corpos molhando a carne, arrefecendo os espíritos que já não estavam em paz, pois viam, de olhos esbugalhados, guerra acontecer: tudo queimava. Os olhos rebaixaram, os ânimos aquietaram; exército em derrota, o Saleiro inteiro murchou, entristeceu. Calor demais deixa amuado quem sob suas ordens está, desgasta os desejos, apaga os interesses.

    Era nesse pé que estava o povoado àquela época quando se espalhou pelas ruas, calçadas e quintais, a história de que o padre da paróquia havia tido uma visão de prosperidade. Uma santa? As invenções fortalecem impérios. E pela curiosidade que se espalhou pelo povoado as missas começaram a se encher. Gente que acredita em invenções cria impérios. E o imperador também se tornou crente do que viu, nós dados pela invenção-visão, o povo enlaçado, trançado num conto. Foi rápido depois daí. Paróquia império inteiro.

Ao final de cada missa, lotadas, o povo em pé porque os assentos não bastavam, Pai-nossos e leituras, padre Eustáquio declamava a visão oferecida por Deus. Tradição. E a tradição deu nós inteiros, invenções também amarram os sujeitos na espera, e esperavam pela promessa da prosperidade, embebedaram-se desta história, ansiosos e fervorosos. Exceções foram poucas, eram quase todos arrebatados, crentes, pela tal profecia. Mas houve quem fez outro caminho. Dona Leidiana, com toda essa pompa da paróquia que ainda crescia, firmou o pé em seu solo-peito: não botou fé nisto de profecia, de igreja, de padre que adivinha o futuro. Não era no futuro que estava a crença de dona Leidiana, na promessa; o passado era sua fonte de apego ao bom destino. Desde pequena fora ensinada, pelo seu passado e pelos que conservavam os próprios passados, a depositar fé nos mais-de-um, no antes e nos que vieram antes, nos seres que guiaram os seus, o seu povo, a sua família, há muito tempo, ao refúgio do que lhes era prisão. Via a paróquia crescendo, seu menino já grande correndo pela mata, e se perguntava onde estavam os terreiros do Saleiro, que nunca foram marcados por ali, mas não havia o que fazer, a ausência do haver ancestral, voraz. Passado apagado, ferida aberta: não se volta se não há caminho. Marco torto no espaço-tempo, não é ida, mas é memória, e a memória é petulante. Dona Leidiana acreditava na memória, nela se apegava seu abraço no divino, a lembrança era tudo o que tinha.

8

Quando mataram a desconhecida à boca da estrada, Darian e Matias fizeram o caminho de casa amarrados em briga debaixo de uma nuvem escura. Uma tempestade se formava sobre a cabeça deles, mas não era o tempo quem ditava o passo daquela neblina estranha acima do corpo dos dois, era o medo. E a nuvem os acompanhava dançando no espaço conforme avançavam os passos dos meninos, seguindo-os. Parecia que dali não desceria água, nada debaixo dela molharia. Sangraria. A nuvem ia pesada, carregada, dura, lâminas, facas inteiras; e se ouvia dela o rugir do encostar do ferro e do aço, o raspar das armas. O que aconteceria quando as facas despencassem sobre os rapazes? Violência imponente, cena grotesca, os cortes desenhando riscos por seus corpos, drenando para fora a água de dentro.

— E agora, Darian?

— Cala a boca, Matias. Cala a boca. Já te disse, a culpa disso também é tua.

— E eu tô falando de culpa, Darian? Eu tô falando de culpa? Eu quero saber é o que a gente vai fazer.

Darian não respondia. Se seu silêncio estava sendo injusto com o Matias? Não tinha coragem de admitir que estava, sim. Ninguém teria morrido se o outro rapaz não tivesse inventado de ir atrás de juazeiro. Era, sim, culpa do outro. Ah, se era. Era também. Darian dera o tiro, mas os dois mataram. O Saleiro se aproximava. A nuvem os perseguia, acima, escura, dura, afiada. E desabou. Desfez-se em aço, brilhante, prata, ferro, ferrugem? Caiu disposta a provocar dor. Desespero. O vazio veio cortante e agressivo, astuto, violento, festim pontudo desfazendo o inteiro. Não gritaram, sufocados. Os riscos na pele, o arrepiar a cada corte, o ardor imensurável, a brutalidade da cena. O solo de repente estava bêbado, molhado, vermelho, vivo. Afogados, drenados, em retalhos, eram os dois todos retalhos, avançaram inseguros; olharam para cima e não viram nuvem alguma, nem facas, não havia sequer o sangue — mas sim o sol, a quentura, a brutalidade das coisas ordinárias como elas são. Se ao menos o mundo se avessasse. No entanto, não havia avesso, o que havia era o dentro para fora, estavam expostos, e eram tudo o que eram, e passaram a ser tudo o que aconteceu com tudo o que eram.

Entraram na casa do Darian como se cada pedaço de parede os olhasse. Nada ali os perdoava ou ignorava o passado que carregavam pesado sobre as mãos. O chão movediço, catástrofe que os absorvia, preferiram manter o silêncio, mas tudo os olhava, e não havia para onde correr, esconderijo. Eram o que haviam feito um para o outro. Aquilo acontecera de verdade?

— Até que enfim, meninos! E rolinha, tem?

A comida de dona Leidiana tinha cheiro e gosto de passado revisitado com carinho e cuidado. E no ar, o recordar, corda, enforcava os meninos enquanto os puxava do buraco ao contrário em que estavam emborcados em si.

— Tem, sim, tia Leidiana! A gente arrumou umas bichas pra almoçar, sim.

Num cinismo de quem esconde, o Matias começou uma faladeira sobre a caça, a fome, o cansaço, a pele requentada pelo sol, gelada por dentro; nos olhos de dona Leidiana avistou compaixão, mas não o bastante para arrancar de seu peito o susto e uma ansiedade vulgar.

— E que estranheza é essa? Vocês dois, um calado e o outro com esses olhos que não piscam?

Matias piscou repetido, forçado. O outro calado. Darian, se abrisse a boca e desse passagem à garganta sentia que gritaria, violento. Fez o que fez e não o havia desfeito: havia o que fez e o depois. O agora era o que o depois passou a ser, o começo do para sempre, marca vadia que o mutilou agarrada às próprias mãos. Era a culpa alvo e flecha, a baladeira um adorno, a arma. Darian estava eriçado, assombrava-o uma raiva genuína, e parecia que tudo em que tocasse se emanciparia do bom juízo. Agressivo, agora tinha até o nariz barulhento ao respirar, urrando, *rhunnn, rhunnn*, selvagem. Era selvageria o que restava.

...

Matias, já na sala de casa, olhava fixo para a parede, procurava os olhos que havia encontrado na casa do Darian, e ali os viu, brotando primeiro das frestas do telhado, depois assumindo o cimento empedrado. De repente olhavam direto para ele os santos. E eram muitos.

Dona Castela era fiel devota da igreja. Desde que se enveredou para essas coisas de santa, profecia e padre Eustáquio, dedicava parte de seu pagamento ao fundamento do dízimo e, quando não isso, investia nas cantinas que ficavam frente à paróquia, vendendo aos crentes, arrumando dinheiro para a igreja. A entrega à instituição se intensificou depois do inexplicável: sua cura da curuba. Quando tinha ali uns três anos de frequentadora da paróquia, ainda não havia se afetado como boa parte dos outros fiéis à ideia de adorar uma santa de profecia. Gostava do matrimônio com o sagrado que era um só, e não pretendia dar à santa ou ao santo coisa alguma. Tudo mudou quando surgiu numa de suas pernas a primeira das curubas. Logo dominaram ambas as pernas da mulher e não houve tempo para escapar do inchaço nem dos sangramentos, e o médico mais próximo só passou pomada. E mais nada. Cresciam as curubas e machucavam a pele, e havia os chás e a arnica, mas os chás e a arnica não ajudavam. Na igreja, perguntou ao padre Eustáquio se ele não sabia de algum dizer divino que lhe pudesse aliviar a doença, de modo que ele lhe recomendou alguns salmos, mas o que disse ser mais importante era o que viria a lhe sugerir: que fizesse promessa à santa.

— Mas essa santa nem existe...

Foi convencida a prometer. Não perderia nada, no fim das contas; lhe restava a santa. Não lhe restava outra coisa. No altar, ficou a rezar, o ardor das pernas, sentiu a pele queimar e leu alguns salmos, esteve nesta batalha por alguns minutos, as orações entrecortadas. O tempo passou rápido, o túnel da súplica fez trajetória do coração e da alma, fechava os olhos e rezava, e rezava fechando os olhos, desfigurada em apelo. Não deu outra: saiu do ajoelhamento transformada, preenchida, fiel, credora da santa, e de alguma maneira tinha a certeza de que seria curada.

— Eu tô do mesmo jeito, padre. Mas eu acredito que vai passar. Não é possível. Eu disse a ela que, se fosse curada, estaria mais por aqui.

— A mulher é boa, minha filha. A senhora crê, dona Castela?

Com a surpresa de bandeja aos duvidosos, veio veloz a cura. Na semana seguinte, ao final das missas, dona Castela estava sobre o altar mostrando as pernas: pregava ao povo que a santa da profecia lhe curara as curubas, elas que nem pomada dera jeito. Nenhuma ferida a mais, todas a menos, sem coceira ou dor, não restou nem sequer cicatriz, sem inchaço, nada.

...

— Matias, acharam uma mulher morta lá na estrada e ninguém sabe quem é só falaram que é uma idosa eu vou lá ver vamos — despejou a mãe, entrando toda esbaforida.

E tudo congelou. Não houve amortecer, o oco matéria. Matias foi lançado ao tormento, encontraram o crime, claro, os meninos deixaram a mulher onde ela havia sido desamarrada da vida, ali mesmo. Exposto, o corpo agora os expunha.

— Oxe, mãe, que história? — Era bom o Matias em fingir.

9

A mulher morta, para o povo do Saleiro, não era outra coisa senão a santa. Aos convencidos qualquer evidência basta. Uma mulher morta e seu sangue. Era a santa e só poderia ser a santa. A profecia, o cumprimento do divino, o tempo havia chegado, a prosperidade resplandecente.

Convocaram padre Eustáquio, depois que cercaram a cena dramática: queriam saber se aquilo se confirmava, se o que estava pelo chão se parecia, de alguma maneira, com o amuleto do bom futuro. E iria ele negar? Não titubeou o padre Eustáquio em dizer que, sim, aquela era a santa, e que a profecia se estabelecia sobre o povo do Saleiro, gritando baixinho que o agora começava.

E então um delírio. O rebanho ao redor do corpo com a cabeça ensanguentada na beira da estrada, e logo todo o povo do Saleiro contornando o juazeiro, os crentes e os curiosos se colocando de pé ao redor da cena em que a morte era espetáculo, a promessa divina entretendo os olhos dos presentes: e ninguém perguntava o que de fato aquilo era, porque o que viam era a promessa. A cada hora se juntavam mais cabeças no que era o que estava sendo e não poderia ser o que fora um dia: não havia passado que interessasse, o corpo era o fato, a novidade e o futuro, o padre porta-voz do céu. E não é que ele estava certo? Deus tinha mesmo uma promessa para o Saleiro! Olha ela aí, diante do povo, cumprida, o sangue testemunha!

— Irmãos — disse padre Eustáquio à multidão —, aqui está diante de nós a voz do sagrado. Eu vi, quando comecei a fazer a fé nascer no Saleiro, a prosperidade, e só não a vê neste momento, do jeito que eu contei lá atrás, quem insiste em manter os olhos tapados. Vejam, vejam e comprovem vocês mesmos a palavra se cumprindo. Rezemos uma missa, povo de Deus. Rezemos uma missa. As boas novas virão. É chegada a hora divina.

Iniciaram as rezas, as preces uníssonas, o corpo ainda sobre o solo, o povo chegando alvoroçado, os devotos, alguns, de joelhos, e, lá longe, atrás de todos os que haviam chegado, dois rapazes viam amargurados o acontecer fantasioso: Darian e Matias, lado a lado, com os braços cruzados e as vozes escapadas, percebiam o mundo rodar e brigavam com seus corpos para evitar o vômito.

— Estão loucos, Darian. Estão loucos. — E apenas olhava, falava pouco, estátua.

— História de santa, Matias. História de santa.

— O que vão fazer com essa mulher? Com essa mulher, nada, eu digo é com a defunta!

— E eu que sei? Matias, se descobrirem que foi a gente, a gente tá lascado.

— A gente nada, Darian! Quem matou essa mulher foi tu.

— Diz isso de novo que eu te deito a mão aqui no meio de todo mundo, e todo mundo vai ficar sabendo que quem matou essa mulher fomos nós dois e que não tem santa nenhuma!

Era interessante ver o Darian contrariado. O ódio lhe escapava as entranhas e vazava por todos os lados: era todo revolta. E era pior quando convicto. A raiva tem disso, quando se mistura à angústia e ao medo, ocupa tudo, infla-se e vai espremendo tudo em que toca, vira o tudo e o nada, o qualquer coisa, agrada e desagrada, vem transformada, bicho de camadas, ruim, má, não distingue suas vítimas.

— Eu te estouro a cabeça com uma pedra. Tu cala a tua boca.

Matias aprendera hoje, mais cedo, a temer Darian. Esqueceu o leitor da taca? Nunca havia visto a ira tomar forma de homem desta maneira. Quanta pancada levou sua alma hoje. Teria os olhos roxos, e agora talvez percebesse o ardor da boca que foi cortada pelos socos e pelas cotoveladas. Estava todo machucado, era trauma por fora, por dentro. Calou-se mesmo. E iria fazer o quê? Tinha o Matias a quem mais se apegar? Nada! Não poria as mãos em outros lugares procurando a anistia, a calma, o repouso. O que tinha eram o Darian e o acontecimento. Estava regado pelo impossível, não conseguia se mover, estacou o próprio corpo num solo do destino que agora lhe parecia ser território do eu. Eram ele e Darian um segredo, e a violência, o porvir e o hoje. O hoje: seriam para sempre o hoje? Haveria para sempre? Quando a lança do existir atravessa os que lhe são escolhidos e ditos vítimas, alvos, o futuro não escapa. O passado vira sina, tudo o que vem é o tudo porque houve o algo. Há de se entender o para sempre depois do depois. E há de se entender porque todos nós temos este lugar do passado que ditou o hoje e ditará o que virá. Quem tem, teve, quem não tem, terá, a lança sempre nos atravessa. A vida não perdoa e não poupa, não há fugitivos, todos somos pegos antes de morrer. Se não antes de morrer, então pela morte. E apodreceremos atravessados. Porque o destino é cruel, o viver é complexo. Hora ou outra a boca sangra, e arde como as gengivas do Matias, que agora, com mais uma ameaça, sentia sua alma queimar de medo. E medo era tudo o que sentia, do que via à sua frente e do Darian. Que confusão: foram toca um do outro por tantas vezes, eram bebedouros e parceria até a manhã do hoje. Quando a lança os perpassou, nada ficou no lugar.

...

Rezaram uma missa inteira, longa e vigorosa, ainda havia gente de joelhos, dona Castela no meio, Darian e Matias no longe, silêncio, sussurros.

Dona Leidiana também havia chegado para ver o absurdo e a folia. Estranhava, tremia a testa, as veias saltadas pelo calor, fazia bico, caretas, mas não acreditava. História de santa! Mataram a mulher e a deixaram ali!

Depois de feita a última oração, deu-se a hora da despedida. Curioso o que foi isto, veja quem lê meu relato: não enterraram a velha.

Pairou sobre as cabeças que à santa viam resplandecer a glória um sentimento de dever, era a promessa em forma, carne, osso e sangue, em terra, ali estava. Não houve perguntas, nem um nem outro, neste enlouquecer do acreditar, ludibriados, fizeram brotar gritarias da consciência.

Com naturalidade, num toque de tambor uníssono que os hipnotizou, escolheram os homens que pegariam no colo a santa. E decidiram, em algum lugar do pensar coletivo, porque sabe Deus para onde vai o absurdo quando feito, que seria a melhor das ideias hospedar a mulher em seu lar, a igreja. Nada mais justo! Tanto fez ela pela comunidade que nela crera até então, que dariam à mulher divina seu teto e sua morada.

    Em procissão, caminharam os homens com a santa nos braços, ora três, ora dois, ora um, ora o padre, enquanto caminhavam piçarra adentro, no caminho batido pelo tempo que levava à clareira da caatinga do Saleiro. E quanta gente era, uma fila enorme, Darian e Matias ao fundo, acompanhando, torpes, porque não havia o que fazer... queriam ver os próprios destinos. Este rumo também era o deles. E foi todo o povo atrás da santa, que ia à frente, carregada, o sangue da cabeça entortada já não mais pingando, ela fria de cadáver. Chacoalhava nos braços dos fiéis e, molenga, ia de um braço ao outro, presa nas crendices, guiando a todos. Abriram as portas da paróquia. O padre levou a mulher ao altar, colocou o corpo sobre o chão. Providenciaram nos fundos da paróquia um lençol limpo e bem cheiroso, marcado pelos vincos das dobraduras feitas pelos que cuidavam da casa celestial. No pano branco, envolveram a mulher, o vermelho coagulado da cabeça nem sequer manchou o tecido, estiraram-na sobre a cerâmica do chão, e ficou ali, estagnada porque era defunto o destino de Matias e Darian, eles que se esgueiraram entre os fiéis e encaixaram-se juntos num canto da paróquia, vendo a aberração tomar forma. Um calor abafado de luto fez-se névoa sob as vigas da igreja, e o povo, incomodado e ressentido pelo fedor da situação, que fedia porque o luto não tem cheiro bom, dispersou-se a ir para casa, em êxtase. Os meninos, assassinos e assassino, acompanharam a volta na seara da peleja pelo descanso, seus espíritos apedrejados, Matias com a gengiva amarga e ardida. A paróquia esvaziou-se, a noite esteve densa, o calor violento acalmado pelo passar do relógio que no escuro controlava as temperaturas, tinha piedade. Quem peitou o sono dormiu, mas parte do Saleiro manteve-se acordada; Darian e Matias, nestas contas, não pregaram os olhos.

10

Já moravam juntos os dois meninos, casados em segredo, abismos um do outro, quando a oportunidade da fuga se fez possível.

Lidar com o percurso inimaginável e violento do porvir requer dos seus trilheiros audácia e coragem. A imprevisibilidade, pregada à coisa do viver, canta música turbulenta, e todo o silêncio se esfacela. Nesse escapar, para uns e outros, a companhia, mão amiga, é apego possível — senão o único. Assim, ainda que por muitas vezes tenham tentado fugir das entranhas da maldade, apodrecidas pelo sentimento triste e arrependido, amargo, Darian e Matias não foram do tipo de homens que tiveram escolhas.

...

A chegada da santa alargou o rebanho do padre Eustáquio. Era de admirar o ramal de gente brotando pelos rejuntes das cerâmicas dos chãos e das paredes da paróquia, que se multiplicavam ao expoente conforme eram com mais vigor tratadas as missas pelo padre, vidente, enviado, imperador.

O amontoado de fiéis trouxe à paróquia o resplandecer da divindade, um aro de lampejo glorioso que a transformou em mais do que igreja: lugar de lenda, um santuário. Escândalo, enterraram no altar divino o corpo, as carnes e os ossos, o sangue seco, o cabelo desgrenhado, o caso e a prova das promessas, a santa. Não demoraram os saleirenses mais que alguns dias para abrir uma cova no chão onde pisava o padre durante as rezas.

Antes, ficava sobre o altar o corpo coberto pelo pano branco — conforme o deixaram no dia da aparição —, ao olhar de todos, para que quem fosse descrente deixasse de duvidar da força da visão do padre e se assombrasse com a petulância do divino, que se tornou coisa para provar ao povo ser quem é. As horas passavam com a mesma impiedade que os dias, e as pessoas entravam na paróquia livremente, inteira portas-abertas, olhares vislumbravam a mulher no altar — e alguns até ousavam se colocar ao lado da entidade e lhe descobrir o rosto só para ver de perto a face do divino. E até teve gente que levou ao altar presentes e flores, coroas, recheando a igreja com uma decoração colorida de plásticos, vidros, coisas vivas, folhas secas — atração, museu onde Deus colocou seus próprios pés, tocou as paredes com suas mãos. Então, o relógio sem demora se incumbiu de transformar a santa defunta em gente. E gente morta fede. Fedem os vivos às vezes, mas fedem os mortos sempre. Se não fedem ao morrer, em algum momento vão feder, porque gente morta fede. Moscas rodeavam as carnes da carcaça e não houve quem sustentasse sobre as costas as visitas à igreja. O fedor se espalhava corajoso e foi com velocidade afastando os fiéis, que, mesmo credores do tudo e seguidores avessados do imperador, não haviam de continuar sentindo a podridão da carne ali estendida, alguns líquidos lhe escapando os buracos, nojenta. Menos gente, menos fama para o padre e para a casa dele, menos disse-me-disse pelos interiores, menos resplandecer paroquial — e com isso, há aqui a obviedade, menos dízimo. Quando sentiu no bolso os pesos do fedor, o padre Eustáquio deu ordem que cavassem uma cova no altar, e assim foi tudo feito com rapidez. Num dia, havia a catinga sob o teto sagrado e, no outro, estava debaixo do chão o corpo da santa. Cobriram o túmulo com cerâmicas e, enquanto o cimento do rejunte secava, providenciou o padre Eustáquio adornos para o cemitério de uma mulher só.

Reformaram a igreja, trocaram suas vigas. As imagens dos santos todas reformadas, pintadas em tintas vivas e de boa qualidade, as lascas de gesso remendadas. A maquete da santa, inventada sem rosto, foi restaurada num dourado bonito, polido, que lhe cobriu da cabeça aos pés, e, agora, em seu reflexo, via-se algo-face: um nariz, dois olhos, não havia boca. As missas retornaram, anfiteatro, o povo fiel a prestigiar o drama em cena, templo abarrotado.

O que também enriqueceu foi a casa do padre, aos fundos da igreja. Ganhou portões maiores, mais altos, decorados, paredes ladrilhadas, referência arquitetônica. Uma caminhonete prata e elegante começou a circular pelas ruas do Saleiro e punha-se a estacionar na garagem da casa paroquial, espaçosa, ventilada, e era o carro do padre Eustáquio. Um carro daquele tamanho! Deus é muito bom! As roupas do imperador passaram a ser de panos bons e com costuras firmes. As calças de alfaiataria também se diversificaram, cada viagem à capital lhe dando novas vestes, finas. Os sapatos a cada mês mais lustrados, não desgastavam, e também passaram a ser mais adornadas suas batas, com bordados feitos à mão desenhando caminhos inteiros do pescoço aos ombros, de cima a baixo.

Para adornar o vale divino do habitar da santa, onde as missas aconteciam, dispensou também o padre um investimento apoteótico: construiu uma praça. Ao redor da construção divina, metros inteiros de solo foram ladrilhados. A obra durou bons meses, nisto um ano virou outro, mas a atividade do padre não cessou. Organizou um calendário e, em alguns dias da semana, conseguiu celebrar o divino, a santa, com o povo em comunhão, apesar da poeira no chão e no altar. Os pedreiros — a propósito, eles e suas famílias — prosperavam com o dinheiro que recebiam do trabalho solto de erguer a praça. As esposas agradeciam à santa, missa após missa, pela chance dada de encher os bolsos com dinheiro, de trocar as motos de casa, de comprar mais galinhas e galos para seus quintais, de reformarem quartos. O padre Eustáquio, com sua bondade, protagonista. Olha se não era o Saleiro prosperando? Não havia a promessa de que com a santa iria o povoado mudar? O tempo confirmava o imperador, erguia-se o império, crescia a pompa.

Imagine agora o leitor, nesse correr d'água, a aflição que transformava em pó os juízos de Darian e Matias. Desde o depois, o agora passou a ser insuportável. Se de um lado, Darian, agoniado e revoltado com o acontecimento, embebido em culpa e aflito com o que havia feito e presenciado naquele dia, não mais dormia de maneira a recompor seu estar acordado, um corpo navegando dentro de casa, com a pele clareando porque nem o sol mais a tocava, a pele sempre gelada de medo, o suor a escorrer, preguento, sujo, os banhos mais difíceis. Do outro lado,

Matias emagreceu quilos de carne porque não comia, dado o desespero. A comida fedia, mal bebia água, tudo tinha gosto ácido, o estômago lhe subindo a agonia e lhe infestando a boca o terror.

Eram o estranhamento do eu com o eu. Isolados, sentiam os dois a solidão em suas casas, onde dividiam o ar apenas com suas mães, cada uma a seu modo, e eram os dois apenas um, separados. O silêncio se fez com rapidez, logo sentiram o pesar do calar-se, estavam com medo da fala, chicoteando eles mesmos a própria garganta, as lembranças, o reviver do acontecimento que lhes enforcava e lhes molhava os olhos quando invadia a cabeça, os dois em comunhão com a impiedade. Se ao menos pudessem compartilhar a angústia. Não caçavam rolinhas. Suas baladeiras encostadas, o último toque lhes sendo o virar do tempo, o fazer-se cruel da eternidade.

Sentiam saudade um do outro. Deixaram de se encontrar tempos depois da aparição, viram consolidado o declínio de seus futuros quando estava podre a igreja, fedendo da morta, tomaram os dois vergonha do ver-se, eles incapazes de dividirem o penar d'alma. Simbiose dos seus agoras, eram o que eram porque foram o que foram, cada um fez o que fez. Manhã maldita!

Sorte é que às vezes podemos contar com mãos alheias. Matias e Darian tinham quem lhes aparasse cabelo e barba. Crespos, no desprender da alegria, os adornos deles cresciam pavimentando suas aparências, uma tristeza dando volta aos fios, molhando-os em óleo denso, num cheiro pouco agradável. Eram o luto do que eram e, vez ou outra, quando em excesso, eram recortados com carinho por suas mães.

Para o Matias, virar gente era uma lamúria: dona Castela lhe cortava o cabelo, e ele era obrigado a ter as aparas feitas enquanto olhava para a parede enfeitada por santos e imagens que o lembravam, é claro, daquilo que não esquecia. Ouvia elogios à paróquia, que prosperava, e que tinha missas cada vez mais cheias, e que agora tinha uma praça, e quanta gente visitava a igreja. Gente diferente! Pessoas de fora! Calado estava e calado permanecia, o óleo extraído, raspado, a lâmina do sofrer apertando sua face, os olhos vermelhos, secos. Tomava banho, voltava ao quarto, ia à cama. A mãe estranhou o isolamento, perguntava, mas não ganhava boas respostas. Começou acreditando que talvez fosse birra, o tempo fez emergir o esquisito: o distanciamento do filho e do Darian — não existia grude havia meses.

— Vocês brigaram?

— Não.

Dona Castela não comprou o dito, mas também não insistiu, pois filho quase grande sabe o que faz. Resolveu que ia à igreja. No caminho, mastigou a história e concluiu primeiro, que, sim, o Matias havia brigado com Darian, mas que essa era briga de moleques e que eles que se resolvessem; depois, que o filho estava magro demais... A comida já não mais se esvaziava das panelas como antes. O estranho acontecia. O que diabos era? Tinha que ter respostas! Que era isso, Matias? Na igreja, o pensamento rodopiando, buscou o padre Eustáquio, queria conselhos.

— Dona Castela, essa conversa eu já vi antes. Como é o nome do menino? Isso aí é a alma pesada. — Que suspiro rápido ela deu frente ao imperador. Arregalou os olhos, mirou um lado e depois o outro, não piscou. — O diabo, dona Castela, não escolhe. A gente tem que estar armado o tempo inteiro.

Chegou em casa reclamando que o filho não ia à igreja, que não ia a uma missa, a uma novena, que não se encontrava com o sagrado, e que por isso estava daquele jeito, parecendo um bicho. Matias só ouvia, sobre a cama, deitado, com um fedor debaixo do braço de quem não se banha há dias, sentindo o próprio cheiro. A conversa de alma pesada não o comprava, porque o que sentia era mais que isso. Alma pesada coisa nenhuma, o que o consumia não tinha nome, não podia ter nome, piorava a cada dia, e crescia, e a nuvem escura que o envolvia tornava-se densa, e facas se formavam e caíam, de novo e de novo, ele já acostumado com os cortes. Recusou a igreja, não viveria aquela mentira. Santa coisa nenhuma! Dona Castela desistiu, acatou a situação e atou as mãos.

— Matias, só Deus pra te tirar daí, e se tu não quer Deus, ao nosso reino nada vem. Eu, meu filho, eu lavo minhas mãos. O que posso te falar pra fazer, eu já fiz. Boto a comida no fogão, corto teu cabelo, ajeito tua barba e aparo até tuas unhas. Mas não posso te tirar a tristeza, isso não consigo, não; isso aí é o diabo, e se tu dorme com o diabo, só o Senhor pode te fazer acordar tranquilo. — Contou, ainda, que tinha falado com o padre, que o imperador pelejava que só o sagrado poderia ajudar o menino a melhorar, e que não tinha outra saída, que era pra tomar cuidado inclusive com a morte! Que gente triste se mata! Se matar. Matias não pensava nisso porque, diante do que levou Darian a fazer, e do que fez junto dele, do acontecimento, acreditava merecer a sina, a tristeza, a angústia.

Na mesma rua, vizinho, estava Darian a manifestar febres e dores de barriga, com a cara fechada e o corpo rígido, a postura colocada em raiva, as costas trancadas, o olhar fixo num vazio. Quase parou de comer, afundou debaixo de seus olhos um breu de olheiras, ficava doente com frequência. Não abria a janela do quarto, não queria ver ninguém, não fazia os favores de dona Leidiana. Também fechou o fala-fala com a mãe. Ela, com o vislumbre do sinistro, notou haver algo que não estava certo. Observou com paciência. Darian isolado no quarto, dando patadas quando lhe eram solicitados favores. Uma vez se irritou porque a mãe lhe pediu que tomasse banho, deu uma resposta em rompante, não era revolta, não era raiva. O coice que dona Leidiana tomou era aflição e agonia, o rapaz devolvia algo.

— O que tá acontecendo, Darian?

— ...

— Hein? Por que é que tu tá assim?

— ...

— Cadê o Matias? Por que nunca mais veio aqui?

— Mãe, eu não sei da vida do Matias, não! Deixe de me agoniar, pelo amor de Deus!

— Tu não come, tu não bebe, tu não banha. Darian, tu tá só a podridão! Aconteceu alguma coisa? Tu tá estranho, acha que eu não presto atenção em tu?

— A senhora quer que eu diga o quê, pelo amor de Deus? Eu nem tô mexendo com a senhora, não tô mexendo com ninguém. Me deixa em paz aqui no meu canto, não me agonia, não.

A mulher amoleceu e se curvou, o menino disse mais que palavras, mãe tem disso, vê coisa onde não tem, mesmo tendo. Darian fez luz no que lhe saía da voz, agora sem confusões: era a tristeza, um tremor nas vogais, um cantar defensivo que se fantasiava de bote armado, sufoco-forca, falava molhado, afogado, um entalo, choro embotado.

— Me deixa em paz, mãe, pelo amor de Deus, eu já disse que não tô mexendo com ninguém. Me aperreie não.

Dona Leidiana o deixou, mas resistiu, negou o abandono. Podendo, falava sobre banhos, sobre o fedor, insistiu que comesse. Quando Darian banhava, demorava, a água fria fazendo o som que sozinho cortava o calar-se do ar daquela casa: *shhhhhhhhhhh*.

Era também na insistência cuidadosa que dona Leidiana, antes de dormir, pedia às entidades, à memória, a seu pai, a sua mãe, a suas guias, a seus pretos, a suas crianças; força para a peleja com o acolhimento do menino. Clamava que lhe dessem rumo para os caminhos de ser mãe. Lembrava-se do pai, que lhe deixou as histórias, o passado, contando como eram os terreiros. Gostaria de encontrar ela mesma seu povo reunido, deve ser bonito o bater-tambores, batuque, batuque, batuque. Não conhecia terreiros por perto do Saleiro, estranhava, mas não andava só, tinha os dizeres dos pais, a oralidade-ponte, a fala o caminho, a história, e sentia o abraço de quem lhe cuidava, abraço que também envolvia os seus. Darian era menino protegido, não foi criado sozinho, eram ela e os para quem ela rezava. Dona Leidiana nem gostava de lembrar de quando Clarão a abandonara ainda grávida, saindo para caçar e nunca mais voltando. Soube poucas notícias do homem, mas parece que hoje tem casa e filhos brancos. Dele não guarda rancor, sobre sua covardia recaiu o desprezo. Clarão só é história por ser memória. Ao menos lhe dera o Darian.

— Cuidem de meu menino também, que bem ele não tá. Mãe e fé não vão faltar — pediu, baixinho.

Olhava pro telhado da casa, em seu quarto, ia dormir. Deitou-se um tanto mais tranquila, certa paz no coração, conforto, a prece obliterando o temor. A calmaria, entretanto, não durou. Com os olhos ainda acesos, ouviu, do outro lado da casa, os engulhos. Era Darian, que vomitava.

11

Matias e Darian meiavam a vida numa casa que foi de dona Castela. Única posse por ela herdada dos pais, ficava afastada do Saleiro, num terreno por ali, plantações no quintal, nem sinal de vizinhos.

    Depois que os pais morreram e dona Castela descobriu lhe ter restado uma casa velha e um terreno grande, providenciou para o lugar água encanada, eletricidade, móveis para preencher os espaços e algumas imagens de santos, por causos de proteção. Quando podia, visitava a casa e limpava a mata indesejada, lavava o banheiro que ninguém usava, metia tudo sob ordem. Isso em silêncio, importante dizer: a mulher não contava a nenhuma pessoa que tinha moradia para lá dos lajeiros, e nem ao filho falou de propriedade alguma enquanto crescia. Saía, demorava, não dava satisfações, e voltava assim meio misteriosa, com bom humor e disposição, às vezes suada, é verdade. Matias, pouco curioso sobre a mãe, nunca foi de fazer perguntas.

    A casa não ficava na estrada, mas nas brenhas e, por isso, não era vista com facilidade, mas era vista. Em algum momento estabeleceu-se no Saleiro a história de que aquilo pertencia a algum político de alguma das cidades da região. Sabe você, leitor, como são as fofocas: surgem, não saem de lugar algum, são como diz o outro. Essa história se firmou, e o povo, que não fazia muita questão sobre a casa no meio da mata a ponto de transformá-la em lenda, ou grande coisa, quando pisava na curiosidade, apenas respondia: é de político! De qual? De algum deles lá, nunca vem aqui! Também tinha quem caçava e esbarrava em dona Castela limpando o terreno, trabalhando na propriedade. Isto não causava espanto porque, para quem estranhasse, era uma mulher contratada pelo tal político proprietário para limpar a casa dele e, de vez em quando, mantê-la saudável. E esta foi a história que se vendeu: dona Castela, que trabalhava para político, limpando a casa dele nas brenhas do Saleiro de vez em quando.

A mulher só parou de cuidar da casa quando se pôs sobre cama, doente.

E que momento inoportuno para adoecer, meu Deus! As missas, a paróquia crescendo, gente nova visitando a igreja todo santo dia, o padre precisando dela, a santa. Quem lavaria os panos? Será que os outros dariam conta do recado? Cuidava de tantas coisas. Só não cuidava do dízimo porque essa parte era com o padre Eustáquio mesmo. Agora, logo agora, ela doente ali naquela cama, em casa! E tinha o Matias! O menino, a cada semana mais magricela, carne e osso, tendo ao menos o cabelo e a barba raspados, estava apodrecendo sobre a cama, oleoso, preguento de grude, fedido, afundado em tristeza, solidão. Tinha quanto tempo que ela não via o menino sair de casa? E o Darian, nada?

— Matias! Matias, meu filho, venha bem aqui porque tua mãe não tá bem, não!

Apesar de estar sob bolha envenenada de agonia há mais tempo do que conseguia contar, o chamado da mãe adoecida trouxe ao filho um amolecimento, se reconciliou com a existência: a mãe estava doente?

— Meu filho, olhe bem, eu tô aqui numa febre grande. Minha cabeça tá doendo, meu corpo tá ruim, e tem uma dor aqui na minha barriga que eu não sei nem como foi que começou. Tem uns três dias dessa agonia, mas agora tá doendo demais!

— Oxe, mãe, pois tem que ir pro médico. Tem que levar a senhora pro hospital!

— Na igreja me disseram que pode ser um bocado de coisa, mas eu tava crente de que ia melhorar. Rezei, rezei, o padre também rezou em cima, bebi água ungida... E nada!

— Mãe, nessas horas num tem história de igreja, não! O que tem é o hospital! Tem que levar a senhora pro hospital, mãe! Se ajeite aí pra gente ir!

— E como é que vai, Matias? Tu sabe dirigir, tu tem carro? — Gemente, a mulher parecia ter entendido que, agora, o sagrado talvez não fosse suficiente. — Arrume um carro, arrume um motorista! Ô dor, meu filho! Me ajude, pelo amor de Deus!

Numa velocidade movida sabe-se lá a quê, Matias deu as costas para a mãe e posturou a resolução, parou em seu quarto, ao lado da cama, anestesiado entre o vale do precisar e do não conseguir: tinha de tomar atitudes... Inferno! Não lhe restava sobre as costas coragem ou força. Havia de fazer. Faria. É sua mãe! Sua mãe doente! Aprumou o espinhaço, tentou retirar o rosto do torpor mortífero que lhe dominava, e, num primeiro passo, tomou banho. Não tinha tempo, o banho foi ligeiro! Vestiu uma roupa mais inteira, sem rasgos ou buracos, encheu uma mala velha de coisas suas e de dona Castela.

— O padre tem carro, Matias! Pede lá a ele!

O padre tem carro! Quando botou a cara para fora, assustou-se: tudo estava seco. A pele escaldava, fervia com o tocar do sol, ele ardido, ardendo; e a terra estava mais amarela, farofenta, que da última vez que sobre ela Matias pisara descalço. Ah, se não era ela, a caatinga, lembrando a um de seus filhos, que há muito com ela não se encontrava, que ela era o tudo à sua volta, e que dela não era possível fugir: em algum momento quem de seu útero nasce há de em seu caminho cruzar os passos. O rapaz estranhou o perto e o longe: não havia resquícios do verde na mata que cercava o Saleiro, subindo os morros. Tudo era de um roxo esquecido, um reluzir cinza numa atmosfera voraz, a mata sob uma visão devolvida com fagulhas de insensatez e discórdia. *Esqueceu que tu me habita? Não me vê há quanto tempo? Não vem aqui há quanto tempo?* Matias a ouvia, sentiu que ela o cobrava. Dava passos rumo à igreja, mas não tirava os olhos da mata distante, cerca verborrágica. *Tu cresceu entrando e saindo das minhas brenhas, repetindo movimentos em minhas entranhas, e agora se espanta com minha aparência? Entre aqui! Cadê você?* Olhava para a mata roxa enfumaçada do calor como se estivesse à frente de alguém a quem devesse satisfações. Estava assombrado, mas não era como se não reconhecesse a caatinga como é... não havia dela se esquecido. Assombrava-lhe, na verdade, a necessidade de redenção que se jogou sobre suas costas: quase gritou para a mata um pedido de desculpas. Que estranha esta demanda. Sabe o leitor quando erramos nós com nossas mães? Quando elas nos olham com ares de decepção, quando, na verdade, esperavam de nossos feitos sucessos obedientes que não as desapontassem? Era essa a angústia do Matias ao encontrar a caatinga depois de tanto tempo e receber dela não um abraço, mas uma recusa. Não só isso, a caatinga devolvia-lhe um olhar enojado: *Quem diabos é tu agora? Que aparência é essa? Eu sei quem tu é, mas é tu mesmo? Quem é tu agora? Quem tu andou sendo? Tu tá diferente!* Os passos de Matias voltaram a apertar. Num lapso, voltou a perceber para onde ia e o que fazia, abandonando com certo esforço a conversação com a mata, que também não quis insistir no reencontro desapontante.

Agora ele olhava para o destino, lembrava-se da mãe doente em casa e incumbia-se da resolução. Logo notou o espanto dos vizinhos ao verem-no passar. Não os cumprimentava, para isso não tinha forças, mas, do povo que o assistia ao caminhar lento e tremido, percebia o entortar da cara. Sentia que a eles era bicho, figura estranha... pouca coisa, no fim. A coragem que buscou em seu peito para a questão de dona Castela não o retirou de um recinto de apatia que ele, e só ele, habitava: que se danassem os outros. Nenhum daqueles olhares lhe causou espanto, mas, na verdade, sentiu-se Matias com vontade de rir. Notou, com a possibilidade do constrangimento — que não existiu, mas tornou-se ali possível —, que talvez sua aparência tenha de fato mudado. Quis rir de si, e, se o fizesse, seria o primeiro riso em muito tempo, mas não o fez porque havia sobre ele a névoa da memória. Lembrou-se de onde estava, para onde ia, quem um dia foi, e recobrou o sentimento de estar com cordas no pescoço. A cabeça, que suava com os passos na quentura, agora doía, latejante.

Exceto pela caatinga, o Saleiro não havia mudado muito, não tanto quanto a aparência do Matias. As pessoas, os vizinhos, tinham os mesmos rostos — desta vez, apenas o espanto no olhar cruzado lhes era curioso —, as calçadas eram as mesmas, as plantas em frente às casas e os quintais ainda guardavam discreta relva cultivada por seus donos que regavam o solo em combate à seca. Mas... Que era aquilo?

    À frente do rapaz, numa imponente e vasta postura endurecida que de tudo toma conta e a tudo ocupa, a terra amarelada foi subitamente interrompida por um erguer de bloquetes que assumiam postura de solo e se estendiam metros à frente, planície quadrada, tapete de concreto, matéria sobre a piçarra que antes ali existia — ao menos era dela que Matias se recordava. Estendia-se a construção e ela era, de modo exagerado, em alguns lugares interrompida por gramados esverdeados, que recebiam, viu de longe o rapaz, água que brotava de um sistema encanado que simulava uma quase chuva. Havia árvores pequenas plantadas em meio aos gramados, plantas que certamente não nasciam no Saleiro, e estavam elas da altura de crianças, e pareciam jovens, e estavam saudáveis. Flores rodeavam alguns dos canteiros que decoravam o chão daquela praça imensa. Não havia cercas ou portões, suas bordas eram pintadas no chão com um branco reluzente e limpo que parecia gritar "*começo a existir a partir daqui*", moldura. Também bancos brutos, retangulares, pintados de branco, ao longo de todo o tapete de bloquetes — vazios os bancos, ninguém ao redor. Estavam a sós o Matias e...

    No centro da praça, destacando-se, com escadas rodeando suas paredes grossas e altas, erguia-se um casarão imponente, alvo, moderno, diferente de tudo o que um dia já havia sido visto no Saleiro. A igreja tinha abertas suas portas e janelas, imensas, com madeira lustrada e esculpida dando voltas em suas formas; cheia de si, carrancuda, arrogante. Viu a casa do padre. Enquanto extensão da igreja, não destoava da esplendorosa construção que com ela dividia quintal. Eram as duas igualmente ignorantes.

As batidas no portão alto e grosso foram atendidas com rapidez, o padre não escondeu seu estranhamento ao se deparar com o rapaz esguio à frente de si. Um corpo preto pontiagudo, cheio de pontas, pontas não aparadas, olhava-o com o branco dos olhos a saltar sobre a face. O menino tinha os lábios apertados e, no segundo em que disse quem era e de quem era filho, o imperador com agilidade recrutou a lembrança de quando dona Castela lhe fizera desabafos preocupados. Tadinho, estava mesmo só a cara da doença, da desobediência, da falta do Senhor, da tristeza, a alma pesada.

Pedia socorro. A mãe estava doente, o padre poderia ajudar levando-a até o hospital da cidade. Padre Eustáquio ponderou, mas sem deixar transparecer seu titubear, respirou fundo, algo paternal, decidiu, acolheu: sob a sombra de seu império cabia ajuda aos fiéis, filhos.

O carro do padre passou à frente da casa de dona Castela, que, com muita dor na barriga, ferroadas, sentou arrastada no banco de trás da caminhonete, alta, confortável, ar-condicionado ligado contrariando a seca. Foram os três num quase silêncio completo do povoado à cidade, e viajaram tão rápido que o Matias nem se pôs a refletir sobre as cores do município, cidade, movimento. Consternava-se com a mãe, a mão sobre a barriga, gemendo e respirando curto. Desceram à porta do hospital, imponente, quadrado, sem enfeites, feio.

...

O Saleiro todo soube da história da cura de dona Castela, que quase morreu com pedras na barriga. Foi isso o que disseram a ela no hospital. Ficou internada na companhia do Matias para ser operada porque tinha pedras na barriga, e essas pedras lhe faziam mal, tinham de ser tiradas. Padre Eustáquio não fez visita ao hospital, foi embora assim que dona Castela começou a ser atendida, e, quando fechou as portas da Hilux, entortou o rosto. Um cheiro desagradável de gente lhe infestou as narinas, desceu os vidros.

Operada, e ainda em recuperação, com pontos na barriga de cima, dona Castela já se colocava a testemunhar no altar da igreja sua vitória sobre a doença das pedras, não caminhava muito, nem erguia com vigor os braços, falava num tom mais recluso, preferia ficar parada, a cada movimento fisgava o lugar por onde lhe invadiu a faca dos médicos, pelo qual também passou a mão de Deus.

— E eu fiz um pedido aos médicos que cuidaram de mim, meu povo. Eu fiz um pedido! — Era, se não a segunda, a terceira vez que dona Castela pregava seu testemunho para uma missa, sempre após os sermões do padre Eustáquio. — Eu fiz um pedido e eles acolheram.

Surpresas são interessantes, e neste dia houve no testemunho uma novidade. Que pedido? Preste atenção: a mulher puxou de dentro da saia um rosário e o ergueu para que todos os fiéis e curiosos vissem.

— Eu queria ficar com minhas pedras. Se a santa me livrasse daquele sofrimento, ia fazer pra ela um rosário com minhas pedras! — Mesmo os mais fervorosos não olharam para aquilo com admiração. Ninguém sentiu inveja do ato de fé de dona Castela, e o rosário erguido encarou não só as pessoas que acompanhavam o encerrar da cerimônia, mas também um silêncio espaçoso. Assustado, o povo cedeu à estranhice, e houve quem riu, no fundo, escondendo a face de vergonha. — E a prova de que a santa cumpriu com seu cuidado sobre seus fiéis está aqui. Estou curada e este rosário está feito com as pedras de minha barriga na conta certa: nem mais, nem menos.

Num tom mórbido e cômico, a missa daquele dia terminou com até mesmo o padre achando graça da devoção de dona Castela. Quis ela dar à igreja o rosário com pedras de sua barriga, mas o imperador disse não precisar. Recusou o presente da fiel, absurdo demais para narrativas, dispensável ao império, e a mandou para casa, que repousasse.

A verdade é que dona Castela ia mal. Naquela noite, calafrios lhe insultaram o corpo e com velocidade uma febre a dominou. Ela manteve as queixas em silêncio e guardou para si, inclusive, o pus e o sangue que fugiam das costuras feitas pelo médico. Não grunhiu, não gritou, não gemeu. Deitada, agarrava o rosário de pedras de sua barriga e rezava à santa clamando por salvação. O Matias já dormia, não ouvia o sussurrar ferrenho da mãe que recitava salmos e Pai-nossos.

Amanheceu morta.

12

Darian apareceu com história de que uma firma de construção estava procurando serventes na região. Disse isso ao Matias quando colocou a capanga com algumas rolinhas sobre o sofá, depois de esfregar os pés no tapete do lado de fora. Matias o olhou, aflito, sem dizer palavra, esperou que o homem desenrolasse a conversa.

— É só isso, Matias. Disseram que tem umas prefeituras lá pro sul, pros lados das Minas, precisando de servente pra construir escola, tem uma firma cuidando de tudo, empreiteira. Aí tem uns ônibus passando por esses lados, pela região, pra pegar homem pra trabalhar por lá. O povo tá dizendo que pagam bem, que tem comida de graça. Que trabalha o dia todo, mas que paga bem, né — disse —, e que depois do final das obras a gente pode voltar pra casa.

Darian foi banhar e o Matias, que passava café, continuou calado vendo a fumaça subir no calor de dentro de casa. Perguntou-se se era aquela a hora de finalmente se desfazer da sina que carregava sobre os ombros. Não aguentava mais conviver com a história daquela igreja, lá pro povoado, tudo esquisito e violento. O altar. A mulher que ele e o Darian mataram. Que o Darian matou. Santa coisa nenhuma.

    Lembrou-se da mãe defunta naquela manhã com o rosário enrolado nas mãos. A igreja dizia aceitar a alma de dona Castela, mas dela recusara o rosário, as contas de pedra de barriga, o corpo. Foi sepultada no cemitério do Saleiro sem muito choro ou cerimônia, algumas amigas da paróquia cuidaram do velório e do enterro, o filho a fazer sala, luto.

    À época, apesar de ter chorado pela mãe algumas vezes enquanto dela se despedia, não sentia brotar um sofrimento genuíno ou novo. Impedia-o de perceber a dor da perda materna o lugar árduo que habitava desde o acontecimento, desde o nascer da santa, buraco cavado em sua alma, anestesia para angústias outras que não o medo. E era tão confuso sentir-se em espasmos, apático, e um império se erguendo. Num ciclo, era ida e volta, o sofrimento dele havia gerado o agora e o agora o maltratava. Enquanto se despedia da mãe, só o aparecimento de Darian lhe serviu de acalanto.

    No sétimo dia da morte de dona Castela, depois de o Matias ter recebido em casa algumas visitas que lhe prestavam condolências e favores — limpavam a casa, arrumam a cama, lavavam o banheiro, levavam comidas —, à tarde, Darian atravessou a porta da casa e assustou o órfão com a magreza. Da gaita estava a capa, o corpo corcunda, os braços finos, o rosto marcado, osso no osso. Usava uma regata, trazia a mãe e uma tristeza, um mal-estar que lhe iluminava a forma.

    — Tu não tá comendo não, é, Matias? — Dona Leidiana botou o dedo na situação, antecipou o encontro, prelúdio. — Tá igual ao Darian, só osso. Tá passando fome, é? Mas tem comida na geladeira, o povo tá que manda bolo e carne pra cá. Tu não tá comendo, não?

O olhar do Matias dava dó, pena. Não respondeu às perguntas; carecia, não. Dona Leidiana invadiu a casa, abriu a geladeira, os armários, organizou as comidas e tirou para fora aquilo que estava podre. Mas a podridão dos rapazes lá, inteira, carniça se alastrando.

Matias e Darian se olhavam, calados, viam um no outro o espelho. Há quanto tempo não se encontravam? E por que mesmo se afastaram? Separou-os a mágoa, a culpa, a memória ou as pancadas, a agressão? Estavam com raiva um do outro? Não se pôde sentir cheiro de ódio quando os dois se aproximaram naquele dia, o tudo a fazer sombra. Na sala, Matias se sentava numa cadeira, olhando para a parede, as imagens de santos, e Darian se botou do lado dele, sentou na cadeira que era a de dona Castela, sendo o assento outro órfão, desassentado. O silêncio roendo, mas estavam ali, um com o outro, num encontro que parecia, de alguma maneira, acalmar dos dois os corações, jogar terra sobre os buracos.

— Eu vou para casa, meninos. E vocês eu acho que têm o que conversar. Matias, o que tem na geladeira pode ser comido. Darian... — E tirou o filho de um transe. — Não deixe o Matias sozinho, não. A mãe dele tá morta. Quando a mãe da gente morre, a gente morre junto.

A morte da mãe deve ser o inverso de um parto, retalho solto e costura desatada, rasgo. Algo que entra em nós e nos entala, fixo em nossas entranhas, agressivo. Arranca de nós fluidos, líquidos inteiros, que, em vez de saírem, se acumulam dentro da gente e nos estufam, inchando nossos ocos e ocupando tudo o que resta de nós. Matias estava entalado quando Darian enfim rompeu a forca.

— Tu viu como tá a paróquia?

E tudo voltava àquilo, ao acontecimento, à conversa sobre a igreja, à santa-mulher morta.

— Eu vi. Antes de mamãe morrer. Tu viu que tem um altar lá?

A paróquia era um monumento do acontecimento, e, depois que Matias viu em que se transformara o que fizeram ele e Darian, a construção invadiu-lhe o juízo, e o que o habitava o dentro e o consumia crescera e era agora ferida. Ferida sendo aberta sobre outras feridas, e outras feridas abertas sobre feridas que estavam ali sobre outras feridas. E agora a mãe morta. Darian à sua frente, refúgio e memória, outra ferida.

Darian sabia do altar, e sabia também de quase todas as coisas em que havia se transformado a paróquia. Dona Leidiana o manteve ciente de cada parede do império, ela olhando o reino de fora, admirada e curiosa, espectadora das invenções do padre, atenta aos fiéis apostando a vida e o dinheiro na tal santa, que era, na verdade, e sabia ela, uma mulher morta na estrada, a respeito de quem ninguém ali, ludibriados pela fé, absurdo, onde já se viu, se interessou pelo passado. Mas não iria investigar a situação, deixava que o delírio se estabelecesse e não tinha nada a ver com aquilo. Nem em igreja andava, e quando andava era para curiar.

Passaram os rapazes a tarde quase inteira lado a lado, estranhando-se, dando suspiros, quietos, as imagens a consumi-los, e, quando os santos devoravam suas carnes, arrotavam algo apodrecido que fazia Darian e Matias sentirem no ar agouro ruim. Então um hálito podre de tradição voltava a fazer os companheiros de memória suspirarem como quem tenta expulsar dos pulmões o ocre farejado.

Naquele sétimo dia, a inércia dos meninos foi interrompida por um cortejo: o povo da igreja trazia, pela rua do Matias, de dona Castela, a imagem da santa a guiar uma procissão, com padre Eustáquio na liderança. Cantavam coisas da igreja e, quando chegaram à frente da casa da fiel homenageada pelo rito fúnebre, rezaram. Os meninos, dentro da casa, sentiram sobre a cabeça aquela já conhecida nuvem cortante. Não precisaram conversar para entender o que se punha à frente, não houve conversa, troca de olhares, abraços ou paciência, mas a raiva, a revolta, e foi Darian quem se enfureceu primeiro.

Seu sangue ferveu quando ouviu os cantos, as preces, as pessoas, o aglomerado, a imagem da santa à frente, o padre. O indizível lhe tomou o corpo, um vapor na cabeça, tinha de pôr para fora o que lhe agoniava inteiro. Sem cerimônias se levantou e expulsou com raiva os sujeitos que acampavam à porta de Matias, loucos, todos loucos, gritou amargo, jorrou desprezo e cuspe em mistura aos ditos, chamou-os de mentirosos, burros, covardes. Não viam que o filho da mulher não queria ser agoniado por fiel nenhum, por padre nenhum, por santa nenhuma? Que metessem o pé dali!

— Então você é mais um dos afetados pelo mal, por satanás? — O imperador ergueu a voz sobre o povo, trêmulo. Não havia firmeza, sentiu medo, mas havia de demonstrar coragem ao rebanho.

Em resposta, o irado Darian, possuído pelo espírito maligno, avançou pela rua e se pôs frente aos loucos, e, num lapso decidido, calculado, avançou sobre a imagem da santa que descansava nas mãos de um dos fiéis, erguida e adorada, e com raiva a tacou no chão. Estilhaços, desconstituição.

Pegou alguns dos cacos, os maiores restos, e voltou a arremessá-los no solo, a piçarra a jogar poeira, o silêncio em frangalhos. Que fossem embora! Que pastassem em suas casas! Estampava o rosto do Darian uma violência pontiaguda. Da boca escorria espuma, baba que virava gosma, lustroso o queixo. Entrou na casa de Matias e fechou a porta, o império chocado.

...

— Estão chamando vocês dois de filhos do demônio lá na missa de sétimo dia da dona Castela. A igreja tá é besta com o que o Darian fez. — Dona Leidiana entrou calma, nada surpresa. — Tão dizendo também que o Matias já andava endemoniado fazia tempo, alma pesada, o padre até disse que dona Castela, antes de morrer, já tinha pedido socorro a ele quanto a isso. — A voz guardava nenhum medo, nenhuma aflição, parecia falar de um delírio alheio, algo que via de fora e que em nada a atingia, um desdém intocado. — Tá até dizendo que, quando deu carona pro hospital, sentiu catinga de chifre queimado dentro do carro, e disse que era tua, Matias.

Vira-revira: deram foi risada os três, farfalhos de *roinc--roinc*, porcos alimentados com o inimaginável, gaitadas, a insanidade provocando mergulho. Toda a coisa era mesmo engraçada. Essa história de demônio, a procissão, o cortejo, a santa destruída chocando seus fiéis, o imperador boquiaberto. Por isso riram, era o nervosismo, vai ver a negação, escapulindo na graça. Riram também porque toda essa graça vinha do absurdo, e o absurdo estava encravado no erguido império que hoje Darian atacou. Impérios construídos com esforços, quando atacados, certamente revidam. E, por isso, há de se dizer aqui ao leitor: havia, nos lábios ressecados do Darian, anestesiado com o que ouvia de sua mãe àquela hora, uma curva da preocupação.

13

Esta história de prefeituras e construções e contratações de serventes mexeu especialmente com Matias porque ele viu surgindo em Darian uma silenciosa atitude de desespero, de ansiedade abstrata. Desde que a possibilidade de trabalhar longe do Saleiro apareceu, Darian não parecia se interessar por outra coisa, falava disso ao entrar em casa, ao sair de casa, quando ia se deitar com Matias, tomando café, almoçando, enfim, falava disso enquanto caçava rolinhas com Matias, e também falava disso quando iam ele e o companheiro para o Saleiro vender as aves mortas com pedradas.

    Desde que passaram a conviver e decidiram morar juntos, começaram a caçar rolinhas para vendê-las no Saleiro a quem tivesse interesse. Caçavam bem as bichas e com sagacidade as vendiam no povoado. Costumavam vir da caça com as capangas pesadas e já estavam habituados a voltar do povoado com as bolsas vazias e os bolsos cheios. Com o dinheiro, sustentavam o lar, mantinham em ordem as contas de casa, compravam o que havia de ser comido, trocavam o gás da cozinha. Desde que pegaram a casa, trocaram uma ou duas portas, ajeitaram o encanamento do banheiro, e não houve muito esforço para passarem a chamar o lugar de seus.

...

Depois da morte de dona Castela, Matias sobrevivia na casa em que morava com a mãe graças à boa vontade de dona Leidiana e de Darian, que passaram a fazer companhia frequente desde toda aquela situação com o povo da igreja. Chegavam ainda pela manhã na casa alheia, e logo dona Leidiana ocupava os ocos do lugar. Isso de estarem próximos, Matias e Darian, foi bom para os dois. Dona Leidiana preferia deixar os rapazes sozinhos na maior parte do tempo, isso depois de fazer o café da manhã, ainda antes do meio-dia, e, quando deixados, não tardava para que ambos quebrassem seus silêncios — um movimento lento, chama acesa, no começo eram os dois calados, mão na boca, não falo, não escuto, foram devagar, como dormiu, comeu o quê, vamos comer juntos; entraram aos poucos em perguntas mais invasivas, curiosas, e tocaram no lugar vazio da saudade com certo cuidado, medo.

O que dona Leidiana queria mesmo ao fazer os dois se reaproximarem era curá-los. Havia muita dor rodando na cabeça dos meninos, e o de sua casa parecia estar já tonto com o girar do sofrimento. Comia o que precisava, bebia para não morrer de sede. Darian tornara-se apenas o satisfazer de necessidades. E do outro lado também o Matias, num lugar parecido, desgarrado da própria existência, e agora, tadinho, sem a mãe, puro desamparo; Darian, desespero. Não sabia o que havia atingido os dois e partido ambos e seus vínculos ao meio, mas entendia que fora grande a ponto de fazer da fome alternativa de punição. Não se esquecia de quando viu Matias pela primeira vez depois de muito tempo e como, ao olhá-lo, no velório de sua mãe, enxergou-o, sentiu, passando por aflições muito semelhantes às de Darian, e, por isso, por ser mãe de um e conhecer o outro, considerou a compreensão, não criou canais que lhe coubessem ou que lhe fossem estreitos, invadiu terra de ninguém. Entendia o papel da paciência, sabia que havia para alguns sujeitos coisas que cabem apenas a eles e a mais ninguém. Não transformou seu cuidado em curiosidade, pouco interessava a causa da cisão, toda gente briga. Eram amigos havia muito tempo, era verdade, mas, como estavam agora, dona Leidiana não podia deixar que continuassem. *Vão se encontrar, sim, e vão se resolver que nem gente grande!* Por isso, quando a morte de dona Castela abriu as portas da casa de Matias, ela mesma forçou o filho a sair de casa para visitar o amigo de infância, o companheiro.

Depois que Darian atacou a santa, a igreja e os fiéis, não houve mais visitas do povo a Matias, ninguém mais entregou ao órfão comida, não havia mais por ali coleguismos de súditos do império. Ninguém do rebanho serviria comida a endemoniados, veja bem, e agora que o Matias e o satanás estavam quase o tempo inteiro juntos, ninguém havia de persegui-los com quaisquer preocupações. Restava aos dois, portanto, um ao outro, de novo, e dona Leidiana. Voltemos aos dois juntos, ao quebrar do silêncio, aos estilhaços:

— Tu emagreceu foi muito, hein, Darian?
— Tu também tá só a tripa, Matias.

— E tu parou de comer, foi?
— De comer e de beber. E tu?
— Nada tem mais gosto de nada faz tempo, Darian. Tudo o que eu vejo é a mesma coisa, tudo tem gosto da mesma coisa. E agora que mamãe morreu...
— Tudo no Saleiro agora é sobre aquilo. Na rua, o povo só fala da paróquia, da santa. E agora falam de mim, eu sou o diabo, e de tu também, que é amigo do diabo e outro demônio, o demônio da tristeza, e de mamãe também, tão chamando ela agora é de bruxa, feiticeira, essas coisas, mãe do diabo.
— De vez em quando, o diabo é tudo o que a gente tem, Darian. Eu que não vou pisar naquele lugar, na igreja. Só de ir lá minha barriga agonia. Quando fui chamar o padre pra levar mamãe no hospital... E ninguém nem quis saber quem era aquela mulher, se tinha nome, se não tinha... Quem matou.
— Dá vontade, sabia, Matias. Dá vontade de ir lá e dizer eu mesmo que quem matou aquela mulher fomos eu e tu. Que não tem santa coisa nenhuma. Dá vontade de acabar com o que tudo isso virou, de botar fogo naquela igreja, de botar fogo no povo daquela paróquia, de botar fogo em tudo! E me sobe uma raiva, o povo acreditando em mentira, fazendo coisas em nome de uma mentira.
— Já faz tempo demais, Darian. A mulher morreu faz tempo demais, ninguém nem quer saber como foi que morreu. Não dizem que ela era a tal da promessa de Deus? Agora ela é tudo isso aí. Pelo menos a gente ninguém acusou de nada.
— Mas tu sabe o que aconteceu. Tu e eu, a gente sabe, Matias. E tem hora que eu desconfio de que até mamãe

sabe, porque ela nunca nem quis saber nada disso, mas eu sei que não tem como ela saber, porque nós nunca falamos disso com ninguém.

— Mamãe eu sei que morreu sem nem desconfiar. Devotou até a vida pra mulher que tu matou...

— Que *nós*, Matias. Quem matou a mulher foi a gente. Tanto tempo e tu ainda tá nisso?

Essa era mesmo uma conversa difícil de levar. Matias se lembrou de quando tomou de Darian uma surra porque negou sobre si a responsabilidade do feito. Lembrou-se de quando recebeu além da peia a ameaça. Lembrou-se de ter dormido com as gengivas ardendo, do corpo roxo acalmando com o tempo, do passar dos dias que lhe roía as carnes sangrando tristeza. Mergulhou de novo nos motivos do isolamento, na dificuldade de conviver com a culpa, com a negação, com o mar de medo. Matias e Darian foram engolidos, cada um por si e à sua maneira, pelo tudo o que havia, pelo depois, que se tornara insuportável. E insuportável também se tornou o agora. Precisavam estar juntos de novo, não deram conta sozinhos de enfrentar os efeitos do que fizeram juntos. Sim, fizeram juntos! Quem atirou não é o interesse: morreram os dois. Eles e a mulher que virou santa. Morreram os três e nasceu uma mentira, que cresceu e também virou insuportável.

— Tu chegou a ver a mata? Secou demais. — Matias mudou o assunto, seco, calor virando frio, gelo, pedra dentro.

— Secou. Tudo tá até roxo.

— Teve uma hora, depois que eu saí, que senti que o mato me chamava. O sol tava forte, não sei o que foi, mamãe tava doente também, isso deve ter me agoniado... Mas eu faltei foi ouvir a seca me xingando.

— E ela dizia o que pra tu? — Darian se interessava genuinamente por esses devaneios do Matias.

Desta vez, ao ouvi-lo, sentiu algo que havia muito não percebia. Houve ali, naquele encontro com a sensibilidade dos dois homens aperreados, um mútuo desejo de confidência, como se mergulhassem num passado em que cabiam um debaixo da sombra do outro. E que bonito era também Matias encontrar alguém sobre quem derramar algumas angústias. Com o acalanto que o órfão agoniado sentia se apossar de seu peito, finalmente, e depois de tanta angústia, houve para o menino algo que o fez entender Darian como conforto, e, por isso, fez questão ele de àquele papo dar continuidade.

— Perguntava onde era que eu tava. Se eu não me lembrava dela, do que tinha acontecido comigo. Tentava me deixar com vergonha de ter sumido e não ter dito nada. Pedia satisfação. Falava espantada. Parecia que nunca tinha me visto. Sabia que era eu, isso ela sabia. Mas perguntava se eu era eu mesmo.

— E tu? Tu fez o quê?

— Fiz nada, Darian. Fui atrás do padre pra ver se ele ajudava mamãe, tava indo pra lá mesmo. Tu tinha que ver a cara de susto dele quando me viu nesse dia. Mamãe tinha me dito que uma vez ele falou que eu tava possuído pelo demônio, dizia alma pesada, que era coisa do diabo... Mas aí ele ajudou, levou a gente no hospital...

— E no mato, tu ainda foi?

Esta conversa vinha aos cacos, pedaços faltantes, o quebra-quebra esculpindo costura desalinhada.

— Fazer o que lá?

— O que a gente fazia, pegar rolinha, caminhar... Não foi, não? Espairecer o juízo!

— Eu, não. Fiquei foi aqui em casa mesmo. Tô de um jeito que não aguento fazer muita coisa. Tô conversando aqui contigo porque tô... — Engasgou-se com a palavra, com as palavras — ... com saudade. Tô com saudade. E também tá tudo tão difícil...

Matias estava para começar a chorar, havia algum tempo não se molhava de dentro. Ultimamente bebia uma anestesia sem fim que o dominava e se fazia ubíqua em seus ocos, pelos quais passavam os fluidos pegajosos do temor e da agonia. Não se chorava, pedia socorro, clamava por ajuda. Vomitou quantas vezes foi preciso e sentiu seu fedor por dias, mastigando a fumaça escura que dava forma a seu interior.

— Ei, Matias! Matias, chore, não! Não chore, não, que eu queria que a gente fizesse uma coisa, pois então.

Quebra-quebra, cacos, ajuntar-se, cola-costura, remendo.

Darian se levantou da cadeira e caminhou pelos cômodos da casa de dona Castela sem muita cerimônia, conhecia cada pedaço dali. Começou olhando os armários, as mesas, os guarda-roupas, mas não encontrou o que buscava. Restavam os tornos das paredes e, *que previsível*, lá estava a baladeira amarela de Matias, pendurada. Ao lado, enganchada no mesmo torno, também repousava cheia de pedras e um tanto empoeirada a capanga. Darian as pegou, gêmeas, e levou-as ao Matias, dizendo, num tom baixinho, mas animado:

— Bora caçar rolinha?

14

E tu vai trabalhar e vai me deixar aqui, é?

Vendo a empolgação de Darian com isso e aquilo, com deixar o Saleiro para trabalhar nas Minas, Matias de sopapo foi arrebatado por uma aflição importante que tinha morada no medo de ser abandonado.

— Mas, Matias, larga de ser besta. Estão caçando é gente pra trabalhar por lá, rapaz, nas escolas que os prefeitos tão tudo construindo. Disseram até que é ano eleitoral, e que é normal que procurem homens pra trabalhar nas firmas das construções. Tô dizendo isso porque parece que tem vaga pra tu e eu ir nesse negócio...

Darian havia passado algumas horas dos últimos dias zapeando pelo Saleiro, a venda de rolinhas como desculpa, cada retorno para casa trazendo novas histórias sobre vagas de serventes de pedreiros em obras de prefeituras.

— Pensa, Matias, pensa! É uma chance, quem sabe o único jeito de a gente sair daqui desse inferno e conseguir viver sem a agonia de lembrar tudo o que a gente quer esquecer.

E como queriam, os dois, esquecer.

...

Depois que dona Castela morreu, descobriu-se, por suspeitas e fofocas, porque as fofocas são mesmo assim, vão de lá para cá e constroem coisas ou inventam coisas ou, de fato, descobrem coisas. Bem, descobriu-se, como eu ia dizendo, que a casa de que a mãe de Matias cuidava era, na verdade — ou na fofoca —, dela, e que não contava a ninguébm sobre a posse porque tinha medo de olho invejoso. Nesta conversa, as fofocas também eram opiniões, que mulher avarenta: tinha duas casas e nem o filho sabia disso. Fingida! Custava dizer pro menino ou mesmo falar pra alguém da casa que era dela? Oxe, minha gente, a mulher tinha a vida dela e não incomodava ninguém com nada, era devota da santa e vivia na igreja, cuidava da casa e das coisinhas dela, e o menino também é bem-criado — anda triste, talvez possuído, verdade, mas tá grande e não passa fome! Sim, mas, que tinha a Castela de esconder a casa que era dela? Besteira! E a casa é até grande! Não sei, isso é murrinhagem, medo de inveja, não queria era dizer pro povo, como se aquilo lhe fosse patrimônio que engrandecia a alma! Mas nunca vi gente esconder posse! Pois ela escondeu! Tem gente que mostra demais pra se fazer grande, ela fez foi esconder! Mas pra quê? Ninguém nunca vai saber!

Matias foi quem ficou feliz com a fofoca que lhe trouxe uma casa nova. Foi lá ver o lugar, gostou, e, apesar de o segredo de sua mãe ter feito esconderijo por muito tempo, as chaves para o lugar não estavam escondidas — mas eram secretas, oras! Segredos quase à mostra. Achou-as numa sacola, bem no fundo. Interessante como todos temos segredos. Gente grande ou pequena, criança, idoso, gente de caráter bom e gente que se usa para o mal: todos escondemos algumas coisas. Há destas coisas que são reveladas ou descobertas em algum momento, mas há daquelas que acompanham seus guardiões para debaixo da terra, para o ninguém sabe. São carregadas e somem para sempre — algo como as lembranças, que, eu já disse em algum lugar ao leitor, podem ser perdidas, do pó ao pó. Bem, os segredos nos acompanham, chegam para nós e conosco se vão. Alguns são sombras; outros, prazeres, mentiras desvairadas e verdades absolutas, assustadoras, daquelas que esconder é mesmo a melhor alternativa. Talvez não fosse este último caso a coisa da casa de dona Castela. Quase toda a gente do Saleiro achara esquisito fazer segredo de uma casa, de uma posse destas, mas Inês é morta e morreu Maria Preá: descobriram... o Matias descobriu, soube por fofoca.

Pegou as chaves, abriu a porteira e a porta, entrou, poeira discreta cobria as coisas e desenhava as sombras dos alguns móveis que povoavam a morada, chamou-a de sua. E era sua mesmo, e, ah, que alívio saber que era dele a casa! Que boa a casa, tinha energia, tinha água encanada, tinha banheiro que prestava. Que alívio ter ao menos isso da morte da mãe. Era a chance dele de se afastar do que estava sendo sua vida no meio do Saleiro, no olho do furacão. Mudou-se sem muito trabalho, e nos primeiros dias estranhou o calor que fazia — cercava a casa a caatinga, com a qual aprendera a conversar educado. Levou só os panos do corpo, comida e o desejo de se isolar, a fuga. Quem o ajudou na mudança foram Darian e dona Leidiana, e precisava mesmo de ajuda, ainda que não carregasse muitas coisas. Quase ninguém se muda sozinho, há sempre a demanda de poder contar com alguém, porque é coisa que dá trabalho. As mudanças sempre dão trabalho, para dentro ou para fora, e cansam. Tem gente que prefere se poupar, não mudar, manter o incômodo, fazer da angústia da mesmice companhia demorada, tomar café com ela, aproveitá-la ou se acostumar com sua capacidade de arreganhar o peito, deixá-lo aberto. Mas tem gente que se muda, e, para fora ou para dentro, mudar com alguém para ajudar é sempre melhor. Há mudanças que requerem a solidão, e estas são as mais difíceis, porque trabalhar sozinho para mudar requer disposição para entrar no tal conflito com a angústia e com o incômodo, fazer sumir a mesmice, cavar buracos no novo. Desconforto. Com Darian e a mãe dele ajudando, limpando a casa, fazendo as comidas nos primeiros dias, foi para Matias mais fácil trocar de lar, sair do olho saleirense, distanciar-se do império. Era quente a casa, mais quente que a outra, mas ele armava uma rede e o balanço o refrescava, e nisto, quando sozinho, já estabelecido debaixo do teto, estava feliz.

Como Matias previu quando soube da casa afastada, houve mesmo uma liberdade em não estar mais a ouvir falar o tempo inteiro da paróquia, da missa que chegaria à noite, da santa isso e da santa aquilo, padroeira uma ova! Foi se afastando do acontecimento conforme não ia mais ao Saleiro, e, quando de manhã ele passava café e ganhava forças para estar mais um dia a ser ele sua só companhia, gostava de abrir a porta da casa e fitar o tempo, a mata, o roxo da vegetação. Suas conversas com a caatinga foram se envolvendo num abraço, e houve o dia em que o rapaz, agora homem, percebeu que era a mata, com seu barulho de cigarras e pássaros, os bichos rastejantes a fazerem *shhh shhh*, quem lhe dava todos os dias a proteção. Sentia a casa nova um lugar que o fazia esquecer as tragédias, apesar de haver, é óbvio, a memória, que o perturbava, insistindo em ocupar vazios, sem convites, intrometida. Eu disse que as lembranças podiam ser perdidas, mas elas também decantam. Lembranças podem feito corda amarrar e enforcar, nós incorruptíveis, limites. A caatinga e seu peculiar silêncio — que não era tão calado assim, acabei de dizer, os bichos, *shhh shhh* — a servir de colo, acolhimento, leite de peito. Matias não tinha medo em especial porque recebia de rotina a visita de Darian, às vezes sozinho, às vezes com a mãe, e sempre que se viam conversavam coisas umas e coisas outras, ele a atualizá-lo de como andava o Saleiro. Sentavam-se na sala e se observavam, os olhares a fazer rugir certa eletricidade do encontro, mas até aí não havia o toque. Nada de tocas, sem tatus. Que confortável para Matias fitar por horas as paredes de casa e não ver imagens de santos, da santa, não ver rosários, não se lembrar do império, não ser demônio. Roía-lhe o peito a memória, mas conseguia fugir desta joça conforme olhava ao redor e para si. A solidão o salvara algumas vezes; noutras, Darian a acompanhou, cada um em seu canto, trocando palavras.

 Curioso mesmo foi quando os meninos enfim voltaram às brenhas da caatinga pela primeira vez para caçar rolinhas desde o dito ocorrido. Darian não teria coragem de voltar pro mato atrás de rolinha sozinho, chamou Matias de novo, desta vez foi, antes não tinha ido. Sentia vontade de ir desacompanhado, faltava coragem... Comia-o de dentro para fora a lembrança, achava que não ia nem conseguir botar de volta a capanga atravessada no peito. Situação que arrochava o pescoço, um nó subia e faltava enforcar. Ir atrás de rolinha de novo, que nem daquela vez, e se lembrava da rolinha estranha, e do tiro que de primeira acertou uma mulher, e do depois e do agora, e do sangue do antes, e da missa que rezaram depois, o império a enaltecer uma mentira, e da tristeza que o acometeu e durou muito tempo, e de ter ficado longe do Matias — teria sido esta a pior das partes?

Ao contrário do Matias, Darian não chegou a se agoniar com a caatinga, a seca e o roxo que se chegaram àquela época, quando voltou a sair de casa pela primeira vez na intenção de amparar o amigo órfão. Encontrou-a de novo, depois de tanto tempo, acenou para ela e disse *oi*, tentando acessar seu interior com a imaginação da saudade.

No dia em que adentraram de novo na mata, foi surpreendente não terem sobre a cabeça uma nuvem de coisas que os cortariam. Talvez o tempo que passou tivesse feito a tempestade esvair-se, porque o tempo, que pode destruir as lembranças ou fazê-las decantar, também arranca cascas de feridas, as faz desaparecerem. Às vezes não, é verdade, cicatrizes borram o chão, ficam por lá. Desta vez, para os rapazes, houve certa cura. Matias foi à frente, não tinha a melhor das miras, lembra-se o leitor, nem acertava tudo do melhor jeito, Darian atrás, a observar o amigo. Estavam os dois descamisados, e foi só quando se perceberam de rabo de olho que Matias viu a magreza de Darian. Matias já estava engordado, meio flácido, naturalmente. Mas Darian? Esqueleto puro. A tristeza o havia consumido, e seu corpo em frangalhos manteve-se mesmo apesar do relógio acolchoando as coisas. Os olhos estavam fundos e o corpo envergava-se, como se carregasse sobre as costas algo pesado. E carregava, não se pode negar. Era a culpa que lhe fazia dor na nuca, os músculos das costas tensos num sentimento amassado pelas escápulas, que, frouxas, o deixavam com a postura caída. Matias preferiu guardar para si comentários sobre o corpo do companheiro, lembrou-se de quando ele lhe despertava o desejo, sentia falta dos envolvimentos, reconciliou-se com a vontade do toque, mas fez questão de destacar que via a diferença do Darian, não era mais o mesmo nem por fora nem por dentro. Mudara e, agora desnudo de toda a pompa da jovem adultez, ela que nos adorna e tende a nos embelezar, aparentava o existir de quem remoía algo. Magro, murcho, torto, encurvado, tímido, sem força para fazer nascer e sustentar a raiva, a ira que um dia lhe foi traço.

O ponto é que, se Matias pôde se afastar do Saleiro, sair de dentro das labaredas do império, e morar longe, para ser abraçado pela mãe-mata, Darian ainda tinha a pele queimada pelas invenções dos servos da igreja, súditos malditos, fanáticos. Darian era demônio, a igreja o amaldiçoava, e não eram raros os sermões em que o padre Eustáquio mencionava o rapaz como bicho indomado, irado, que um dia quebrara a imagem sagrada da santa do povoado. Demônio, criatura má. Os fiéis ficavam embasbacados com a história toda, como podia, como teve coragem? Ainda bem que Deus pune. Demônio! Os filhos da puta não tinham pena, seguiam a mutilar Darian em casa, ele e a mãe, ateia maldita, os dois endiabrados a dividir o mesmo teto. Ateia, por isso o filho é daquele jeito, um demônio. Nunca bota os pés na igreja, não reza pra Deus, dizem até que é bruxa. Cuspiam quando passavam à frente da casa dos dois, jogavam pragas, faziam fofocas, eram cruéis, tudo isso em nome de Deus, em nome da santa. Não proferiam ameaças, tinham medo dos feitiços, dos despachos da mãe do demônio, que podia fazer bruxarias para qualquer um que a vida lhe invadisse. Mas aos cochichos desejavam àquela família de dois a mais pesada mão de Deus. Isso sem nem saberem que aquela desgraçada daquela santa fora inventada, uma vítima culposa dos dois meninos, alvo de Darian. Que coisa absurda! E se um dia soubessem disso, que o homem-demônio na verdade matara uma mulher e esta mulher virou tudo aquilo? Isso era o que corroía Darian. Tudo isso. O rapaz vivia um purgatório, não saía de casa, sua mãe não se importando com as conversas da rua, ele a ouvir as pessoas escarrando à porta. Ainda quase não comia, não lhe sobraram forças, o olho do furacão era voraz.

Só sentia calma quando se encontrava com Matias, e como ficou contente quando viu o parceiro se curando do Saleiro e de sua tenebrosa malevolência, de sua religião que era faca, coisa cortante. Darian, quando ia à casa do amigo, sentia a invasão da tranquilidade, maravilha, um tempo de descanso! E o Matias isso notava. Sabia que eram mesmo coisas boas um para o outro, dividiam uma culpa, as histórias, o passado e os segredos. Juntos não sentiam medo, e, por isso, estar na mata pela primeira vez depois daquilo tudo não havia de ser, nem fora, coisa insuportável, intolerável. Surpresa, coisa boa.

Enquanto vagueavam olhando a copa das árvores, recobrando coisas boas e coisas ruins, Matias ouvia o sussurrar da caatinga comemorando o reencontro, isso enquanto a mãe-mata também reclamava da aparência do Darian: *Criatura magra, não te criei para isto. E tua mãe cuida bem de ti! Larga este sofrimento, que te vendo assim sofro eu. Vocês dois já! Que diabos viveram, que diabos estão vivendo... Mas tu, Darian. Tu... se perdeu. Não é quem eu abracei um dia. Que bom que está de volta, aprende com teu amigo a aceitar o tempo desamarrando desgraças... Te compreendo, escuto seu peito gritar, é mais difícil pra tu, tem razão. Mas dá um jeito. Ei, menino, tu, o órfão! Dá um jeito, resolve isso, dá a mão, o braço, o corpo pro teu parceiro! Não vê que ele precisa de ti?* Darian não se invadia com o falar da mata roxa, estava bêbado com o calor espinhoso que lhe arranhava a pele exposta. Fadigava e respirava ofegante, não tinha energia, não comia direito, e, quanto mais avançava, mais sentia-se cansado. Portava a baladeira, mas ainda não tinha ousado disparar tiro.

— Ali, olha, tem umas boas. Tá vendo o tanto, Darian? Quer atirar tu?

E Darian olhou para a copa da algarobeira como se fitasse o passado escorrendo em tela à frente de si. A seca fazia tudo mais dramático, o chão quentura debaixo de seus pés. Uma sensação incômoda, navalha, cortava-lhe a barriga, temor entrando no peito. Olhava para as rolinhas, elas em repouso, e um gosto amargo tomou conta de sua boca, sua cabeça zonza. As mãos, suadas, gelaram, um suor friento pintou-lhe a testa, embaçou a vista. Tudo girava, tudo era medo e lembrança, o mal a fazer canto na cabeça, a culpa carregada, a coisa toda. Vomitou.

15

— Tu tem certeza de que tem vaga pra nós dois nessa história de ir trabalhar com construção, Darian?

— Tô dizendo, rapaz. Tem um bocado de gente aqui do Saleiro falando de ir pras Minas. O negócio é bom, paga bem. Pensa, Matias, bora embora daqui.

— Darian, eu tô bem aqui em casa. Ninguém mexe com a gente aqui. Aqui eu tô em paz, não sei como é essa história das Minas. E nem com construção eu sei mexer. E tu também não sabe! Não tem nada que fazer pras Minas, não tem nada!

— Fugir, bicho burro! Fugir! Tu quer ficar aqui pra sempre, é? Nesse lugar que só atordoa o juízo, que fica fazendo a gente remoer o que a gente fez!

— O que tu fez, Darian! O que tu fez! Eu tava lá, eu vi e tava contigo, mas quem fez o que aconteceu foi tu!

— Matias, eu só não te meto a mão agora porque essa casa aqui é tua! Eu já te falei umas mil vezes que essa história toda é coisa nossa, não é coisa só minha! Tu tem que parar com essa mania de querer não se culpar pela morte daquela mulher. Tu que me levou pro juazeiro. Se tu não tivesse aparecido naquele dia, nada disso ia ser o que a gente tá vivendo hoje.

— Mas eu já te falei que tô em paz aqui, Darian! Tu não vem pra cima de mim com tuas raivas, não, porque porrada eu também sei dar.

— Em paz porra nenhuma, Matias! Tamo isolado aqui nesse buraco, no meio da mata! Dois bestas sozinhos no meio do mato, ninguém conversa com a gente! Ninguém nem gosta da gente! Compram as rolinhas que a gente vende por dó! E eu um demônio. Tu pensa que o povo esqueceu o que eu fiz naquele dia? Pensa que o povo te tolera porque tu mora comigo? Se não é mamãe vindo aqui cuidar de nós, a gente apodrece. Dois bestas... fingindo que tão em paz aqui, Matias. Tu tá mentindo pra tu! Teu inferno é ficar aqui e o meu é te acompanhar!

— Tu larga mão de ser ingrato, Darian! Eu te trouxe pra morar aqui em casa comigo justamente pra te afastar daquela desgraça daquele lugar que te trata como se tu fosse o satanás encarnado! Eu que te tirei daquela desgraça, eu que te engordei, eu que te dei teto! E tua mãe apoiou tudo e tá de prova, isso tu não pode negar! Eu que te dei uma vida de novo. Que quando tu veio morar comigo, tu tava só o pó, quase morto em cima da terra.

— Agora tu tá é jogando na minha cara as coisas que tu fez, fela da puta? Desgraçado. Eu vim viver contigo porque eu precisava me afastar do Saleiro, é verdade, mas tu bem sabe que tu também precisava de mim! Tu já tava se afogando em tu mesmo! Era só tu e tu, enlouquecendo aqui nesse lugar no meio do nada! Falando com a caatinga! Conversa feia! Eu vi que tu tava esquisito quando tu veio com história de que a mata tava falando contigo! Tu tava era ficando doido, Matias! E tu me chamou pra cá não foi pra me salvar de bosta nenhuma, não, tu me chamou pra cá foi porque tu precisava de mim, de companhia!

— E tu veio, não veio? Tu veio porque tu também precisava cair fora daquele inferno! Nega isso, desgraçado, nega isso, que tu precisava de mim! Nega que eu quero ver se tu é homem! Já falei que tua mãe tá de prova! Nem caçar rolinha tu conseguia mais, tava sendo possuído pelas lembranças do que fez, a culpa tava te matando! Ou tu esqueceu que tu só conseguiu atirar em rolinha depois que eu te salvei de tu mesmo? Darian, tu é só foba! Por isso que tu fica envenenando tudo de raiva. Foi só voltar a parecer gente que tu voltou a ser um bicho que é só raiva. Só raiva, tu é só raiva, Darian! E fica dizendo que me ama! Que diabo de amor é esse? Tu já viu o jeito que tu me trata?

— Me manda embora, então, fela da puta! Me manda embora! Tu não é o bonzão? Me manda embora! Fala pra mim que tu não me ama! Duvidando do meu amor? Tu acha que eu ia ficar aqui contigo pra te salvar e me salvar também se eu não te amasse de verdade? Eu tô com essa história de Minas Gerais e de construção na cabeça justamente pra tirar a gente daqui desse inferno. Lá ninguém conhece a gente, tu vai poder andar pelos lugares, viver tua vida em paz, sem medo de gente. Porque é isso que tu tem, medo de gente! Por isso que tu mal sai daqui. E ainda fica com história de que a mata conversa contigo! Até hoje isso. Tu tá é doido já, Matias! Tu não vê não que essa vida aqui tá te deixando é doido, macho? Bora embora daqui, moço. Me escuta.

— Eu te trouxe pra aqui. A caatinga me disse que o que eu tinha que fazer era justamente te trazer aqui pra casa pra morar comigo, pra gente ter uma vida juntos, em paz. E não deu certo? Tu fica me chamando de doido aí, mas doido é tu que tá querendo ir embora pra um lugar que tu nem conhece, fazer o que tu nem sabe. Tu não tá vendo que isso é besteira, rapaz? Pelo amor de Deus, não inventa isso, não. Eu não quero ir, não, mas sem tu eu não posso ficar. Não posso mesmo. Tu sabe, sem tu eu não posso ficar.

— E tu acha que eu posso, Matias? Tu acha que eu aguento viver sem tu? Tu esqueceu como foi que eu fiquei quando eu não te via, quando tudo aquilo aconteceu? Por favor, Matias, colabora. Eu não aguento viver no Saleiro mais. Tu sabe que eu não aguento, tu sabe que eu tô sofrendo, tu sabe a minha situação. Eu tô melhor, tu tá melhor, mas é mentira dizer que a gente tá em paz. Até voz tu tá ouvindo. Tu pensa que eu fico em paz vendo tu ficar doido? Até teu olhar mudou, Matias. Tu não vê mais graça nas coisas do jeito que tu já viu uma vez. Eu tô implorando pra gente dar um outro rumo pra nossa vida. Por favor, Matias, por favor me escuta.

— Darian, e se a gente sair daqui, mas quando a gente chegar lá for encrenca? Ninguém nem sabe como isso de construção é, história de empreiteira. Isso aí parece é coisa errada. Eu tenho medo.

— Tu vai tá comigo, meu filho! Tu vai tá comigo! Não vai tá sozinho. Eu quero que tu vá também porque eu também tô com medo, e com tu eu sei que vai dar certo! Qualquer coisa a gente volta, Matias! Qualquer coisa a gente volta! Não deve ser difícil voltar das Minas pra cá. Qualquer coisa a gente arruma dinheiro e vem-se embora. Por favor, Matias. Olha a situação que a gente tá aqui. Tu ainda aguenta o povo da igreja rogando praga na gente em toda missa? Isso não te deixa perturbado, não? Quer ficar aqui nessa situação? Tu vê o povo falando de uma santa e inventando coisa com nosso nome, e falando coisa até de mamãe, e tu fica de boa, é? Tu não é gente, não, Matias? Não é possível, rapaz.

— Darian, e tua mãe vai ficar aqui sozinha, é? Se a gente for, tu vai deixar mesmo a tua mãe aqui sozinha, é?

— Mamãe não tem medo de nada! Ela não liga pra essas coisas que estão fazendo com ela, não. Mas comigo? Com a gente? Mamãe até chora de ver a gente sofrendo na boca do povo. Ela chega da rua aqui e me conta as coisas que o povo fala da gente, os nomes que o povo chama a gente lá na igreja, falam de tudo da gente, Matias, tu sabe.

— Sim, aí tu vai deixar ela sozinha aqui, é? Tu tem mesmo coragem de fazer uma coisa dessas?

— Matias, eu tô desesperado tem anos! Tu não enxerga isso, não? Tudo o que eu mais quero é ir embora da desgraça desse lugar. Eu tô disposto a largar tudo aqui e ir embora. Eu preciso ir embora, Matias. E tu também. Bora sair daqui, moço, pelo amor de Deus. E mamãe... qualquer coisa, depois que a gente ganhar um pouco de dinheiro trabalhando lá, a gente vem aqui e busca ela, leva pra morar com a gente, se ela quiser. Não é uma questão! Dizem que lá paga bem, moço, tu não tá me ouvindo, não? A gente vai ter mais dinheiro, uma vida melhor!

— E deixar as coisas tudo aqui?

— Matias, mamãe fica cuidando. A gente fala com ela, ela vem aqui cuidar das coisas. Depois, como eu falei, a gente vem, busca ela, vende essas coisas tudo e nós vamos viver fora dessa porra desse lugar. Mas tu tem que ir comigo, Matias. Eu preciso que tu vá comigo. Sem tu não dá certo, não. Tu sabe. Sem tu eu não fico.

— Eu não vou ficar sem tu, não, Darian, não dá certo pra mim também, não. Eu preciso de tu. Tu sabe o tanto que eu preciso de tu.

— Pois então rumbora comigo, por favor, Matias. Por favor. Eu já não aguento mais! Bora recomeçar a vida sem essa porra desse povo todo agoniando a gente. Imagina, viver num lugar que ninguém te conhece e não sabe nada do nosso passado! Capaz até da gente esquecer as coisas todas.

...

— Vem aqui, Darian. Sente aqui do meu lado. Vem aqui.

— Eu tô agoniado, Matias. Tô pra enlouquecer fechando o choro dentro de mim. Por favor, me entenda. Vamos comigo.

— Não chora assim, não. Não chora assim, não. Tu sofrendo me machuca demais, Darian. Tu sabe.

...

— Tu acha mesmo que vai dar certo isso, Darian? Como é que tu pode garantir?

— A gente vai junto. Igual a gente tá aqui. Junto.

16

Matias não poderia ir.

Quando o médico da empreiteira avaliou quais dos homens do Saleiro estavam aptos para serem levados para Minas Gerais e trabalhar nas obras, houve algo que muito chamou a atenção. Na análise dele, um descompasso comportamental coletivo fez-se chama e alvo de uma observação rigorosa. Estes homens só podem estar tomados por algum grau de loucura. Não todos, boa parte deles. Em bando, eram avaliados um a um em barracas armadas na praça da igreja, e depois eram levados para uma outra barraca, esta afastada, quieta, e entrevistados com perguntas sobre suas próprias vidas. Neste momento de solidão, cara a cara com o avaliador, jaleco e estetoscópio enforcando a nuca, haviam de falar a verdade e apenas a verdade. Foram avisados de que mentiras não seriam perdoadas, e que, para irem ao trabalho das obras, não poderiam conter em seus jeitos muitas falhas. Nenhum homem é perfeito, certamente disso sabia o doutor, e não procurava moços sem defeitos. Escolhia os mais robustos e aprovava os que lhe pareciam bons contribuintes para o trabalho braçal complicado e estressante da construção, da servência. Este não podia, era muito gordo. Houve um que tossia, doença de pulmão, não poderia ir também. Alguns disseram que o coração batia rápido demais; outros, à ausculta, tinham um *tum-tá* do peito desordenado, arrítmico — não serviam, poderiam adoecer mais e gerar custos, prejuízos.

    O trabalho do doutor era selecionar os melhores, ele também cumpria ordens, havia de fazer as coisas direito. Homens adoecidos iriam descredibilizar seu talento científico, preciso, de modo que seus critérios não perdoavam a todos. Entretanto, o que mais assustou o médico foi um vício coletivo, importante, na maioria dos homens, em religião. Muitos dos homens tinham rosários e terços envolvendo o pescoço, traziam discursos repletos de "graças a Deus", "graças a nossa senhora", "graças à santa". Que história era essa de santa? Não interessava. Quais doenças você já teve? Tive esta e aquela outra, mas o padre e a igreja me curaram, a santa, minha intercessora. Alguns homens tinham papos desconectados, ritmo de fala acelerado, uma euforia que se intensificava quando mencionavam a fé, e depois de dado momento falavam apenas disso, disso, disso, disso... E acabava a entrevista. À pergunta *você ouve vozes* alguns homens disseram coisas assombrosas, esquizofrênicos? Outros disseram já ter tentado acabar com a própria vida, contidos pelas missas e, de novo, pela santa. Que santa é essa, minha gente?

    — Ó, doutor, não vou mentir pro senhor, não. O senhor disse que não posso mentir, num é? Não tenho doença nenhuma, não, senhor, mas se eu escuto voz? Eu escuto, sim. A mata, a caatinga, ela fala comigo. Eu escuto ela me dizer coisas, brigar comigo, me dar conselhos. Mas isso é porque nós somos amigos, somos íntimos, de longa data. Não, nunca mandou eu fazer nada de mal pra ninguém, não. Ela só me diz umas coisas mesmo, me ensina, me pergunta. Ah, quase todo dia. Eu moro no meio dela, sabe? Aí ela fala comigo todo dia, principalmente na hora que acordo e me levanto. Pronto? Era isso? Ah, tá, depois vai me dizer se eu vou poder ir, né? Tudo bem, obrigado, doutor.

Ficou esperando o chamado do médico que daria papéis nas mãos dos quase candidatos. Candidatos? Inscritos? O currículo destes homens era o corpo e a cabeça. Precisava que os dois estivessem alinhados, em sintonia.

Darian estava aprovado, que arrumasse as malas, se ajeitasse e se organizasse, partiria no ônibus da firma na manhã seguinte, ele e os outros que foram aceitos, que mudariam de vida trabalhando no pesado. O Matias, porém...

— Tu falou que tu não ia sem mim.

— Porra, Matias, mas tu também foi dizer pro homem que tu ouve vozes? Tu é burro demais.

— Ele disse que eu não podia mentir, Darian. Ele que perguntou! E eu escuto! Tu bem sabe que eu converso com a mata! Mas tu falou que tu não ia sem mim.

— Matias, pelo amor de Deus.

— Tu falou que tu não ia sem mim. Tu falou!

— Tu disse que tu ouvia vozes pra gente não ir, não foi? Tu nem tava querendo ir. Aposto que tu disse isso justamente pra ficar aqui!

— Darian, o doutor disse que não podia mentir! Eu ia mentir? Não podia mentir, rapaz! E tu falou que não ia sem mim.

— ...
— Tu falou que tu não ia sem mim, Darian.
— Matias, eu não posso ficar aqui, não.
— O quê? Não. Tu não é doido de dizer uma coisa dessas. Tu não é doido!
— Matias, por que tu foi falar que tava ouvindo a caatinga? Conversa de gente doida isso aí!
— Eu não podia mentir, Darian, porra!
— Não posso ficar aqui, Matias. Não posso. Eu já te expliquei todas as coisas, eu não posso ficar aqui. É a chance que eu tenho de sair daqui e ter paz.
— Se tu fizer uma coisa dessas... Se tu for trabalhar na baixa da égua e me deixar aqui sozinho... Tu não é doido!
— Matias. Eu. Não. Posso. Ficar. Aqui.
— E eu posso? Eu vou fazer o que aqui, Darian, sozinho? Foi tu quem insistiu nisso aí e tu bem sabe do tanto que eu sofro nesse inferno, nessa desgraça desse lugar. E tu vai ser covarde de ir embora e me deixar aqui sozinho?
— Eu volto! Eu volto pra te buscar, não vou demorar, eu prometo. Eu busco tu e mamãe, aí a gente sai os três desse lugar...
— Darian, tu não sabe nem o tempo que vai ficar nisso de obra. Ninguém sabe! Tavam falando lá que é demorado, coisa de anos! Diz que quando acaba uma obra começa outra! Tu não vai, não! Tu não vai me deixar aqui sozinho, não. E tem tua mãe, caralho! Tu não vai!
— Matias, eu não posso ficar aqui.

Num salto, Matias se levantou do sofá e começou a andar para lá e para cá, a casa um vazio inquieto, a tensão e a aproximação do abandono fazendo-se ar, aos poucos preenchendo tudo, o fora e o dentro, a solidão anunciando a chegada, o medo entorpecendo os músculos, o andado, a cabeça.

— É sério que tu vai fazer uma coisa dessas comigo, Darian? Tu tem coragem de fazer uma coisa dessas? Tu não me ama, não, Darian! Tu não me ama. Tu só me queria por perto porque eu te aliviava, e alivio, o que tu sente, a tua agonia! Tu só precisava de mim, e agora que tu viu que tu precisa de outra coisa, agora tu vai me abandonar. Tu não é homem, tu é bicho, não tem sentimento, não tem coração. Tu tem coragem de me abandonar e me deixar aqui sozinho?

— Eu tô te falando que eu volto pra te buscar!

— Volta porra nenhuma! Não volta porra nenhuma! Se tu for, tu vai, mas tu não volta! Tu não tá doido de tu voltar, se tu for... Tu vai, tu fica! E tu não me caça mais, não. Se tu for, tu pode esquecer que eu existo, tu some da minha vida, que eu não vou querer te ver nem pintado de ouro. Vai, pra tu ver, vai!

— Matias, pelo amor de Deus, me entenda! Eu já te disse todas as coisas, como as coisas são, mas parece que tu não quer entender!

— Pega as tuas coisas. Vai pra casa da tua mãe. Não volta, não. Não volta, não, nem agora nem depois. Vai, vai mas não volta. Não me caça, não, te falei. Não me caça. Faz uma coisa dessas comigo pra tu ver.

— Matias, pelo amor de Deus!

— Pelo amor de Deus porra nenhuma! Vai, anda, vai! Te levanta! Pega tuas coisas e vai-se embora! Some, some daqui!

— Tu vai mesmo agir assim comigo?

— Tu nunca me viu do jeito que tu vai me ver se tu for embora. Tu nunca me viu! Tu acha que tu me conhece, diz que me ama, mas tu não me viu virado no cão ainda. Vai, Darian, bora! Pega as tuas coisas e vai embora!

— ...

— Eu vou ali. Eu vou ali e, quando eu voltar pra casa, acho bom tu não estar mais aqui, não. E tu nunca mais me procura. Covarde. Tu é um covarde, Darian! É isso o que tu é! Um covarde! Não é gente, não, é bicho. Sai, sai daqui. Some. Desaparece! Tu inventou essa história de ir, agora tu aguenta o que isso vai gerar. Tu não me viu virado no cão, mas tu vai me ver. Sai daqui. Vai-te embora. Some!

Foi à caatinga, foi à mata. Escutava as cigarras e os bichos se arrastando, e inebriou-se de uma sensação fria de desapossuir o próprio corpo. Na cabeça dele, parecia escutar ferros rangerem, os dentes trincando, o suor, o corpo a doer, a angústia a consumi-lo. Não acreditava que estava naquela situação. De súbito! Traiçoeira! A vida é isto, traiçoeira. Um bote e tudo desmorona. A lança do destino o perpassou mais uma vez, seu coração se desfazia enquanto seus olhos se enchiam, não acreditava! Nunca previu coisa assim! Ficaria sozinho, seria abandonado, e de súbito! Traiçoeira! Sentou-se no chão, a piçarra quente almofada, o desconforto entrando de fora para dentro e depois vazando por todos os cantos. Anoiteceu e Matias ainda chorava na piçarra, sozinho, moía o futuro. Porque dá para moer o futuro. O imprevisível consegue fazer da brincadeira dos sentimentos balança de vai-volta, entortando o juízo dos que nas mãos do destino cumprem a sina de flamejar a existência. Aceso, chorou da tarde à noite, o calor confundindo-se com o medo, seus pelos a arrepiar de aflição. Já escuro, levantou-se, botou os passos rumo à casa. Quando chegou, Darian já não estava. Tinha obedecido, partira.

Tudo era estranho, o silêncio incomodou. Naquele rio de tristeza em que se afogara no hoje, o gutural pânico lhe tapou os ouvidos, e, notou, àquela hora com ele nem a caatinga falou.

17

Quando partiu, a manhã ameaçava a chegada da chuva. Darian estranhou o mormaço, chegou a comentar com dona Leidiana, que lhe disse não haver por que achar esquisito o acinzentado do céu.

— É tempo de chuva mesmo. Dizem que as chuvas mudam tudo... E tu disse que as coisas mudaram muito pra tu... e pro Matias. E hoje tu vai embora.

No semblante, na fala, no mover das mãos, no mastigar do pão, dona Leidiana carregava linhas de tristeza envolvendo-lhe a boca, as bochechas a inchar, as pálpebras puro edema.

— Me perdoe, minha mãe. Eu lhe disse que eu volto, não lhe disse? Volto e lhe busco. Preocupe, não, não vai ser tempo muito que eu vou ficar praquelas bandas, não, acredite em mim. Bote fé que eu volto, porque eu volto.

— Sim, mas e aí eu vou ficar aqui sozinha...

— A senhora tem o Matias, mãe. Ele tá lá com raiva de mim, mas isso é coisa que passa. Ninguém guarda pra sempre o desespero, hora ou outra ele se some, evapora, desaparece. Ou isso, ou se transforma em outra coisa. E tem outras coisas muitas que a raiva do Matias pode virar.

Dona Leidiana insistira ao Darian que também comesse, mas percebeu na negação do homem que lhe entalavam o medo e a angústia no pescoço, o esôfago a entupir, passagem do nada. Mãe reconhece no filho o labor do escape do medo, a agonia do desamparo, e o que via dona Leidiana na cara do menino era o rosto pesado da insustentabilidade do que viria, do inimaginável. Quando na noite do dia anterior Darian chegara em casa com uma bolsa com roupas e uma conversa de ir embora, o impulso materno de quem insiste em proteger a cria fez menção de invadir na mulher as mãos, os braços, os peitos, e quis ela agarrar seu moço preto escanchando-o nas ancas. Ocorreu-lhe um intenso impulso do trazer de volta, do amamentar, do fazer-se leito de peito, do dar comida. Tudo isso a entristeceu, nada se cumpriria, não havia o que fazer e, entendendo ela que os grandes são donos de suas próprias vontades, ou ao menos de parte delas, e que, quando se enveredam pelo insistir em fazer concretos os desejos, dos seguros aos absurdos, não há outra alma que lhes impeça, viu que o vento é o que há, e, quando sopra, começa lento, vai em todos os cantos, umedece o que estava seco, troca coisas de lugar.

Também estava fora do lugar o Darian. Arrancou-se e também fora arrancado de casa, da outra casa, da casa do Matias, e não era esta a rota dos planos. Nada do agora parecia ser a rota dos planos. A vida se encarregou, surpreendente mais uma vez, e cá estava ele, em meio aos ventos, deixando-se balançar, que desgraça. A desgraça era tudo o que havia. Não poderia ir a outras escolhas, era isto ou a falta da paz. Tinha o Matias, mas... Queria outra coisa. Até ele, o Matias, estava ficando um pedaço estranho, tinha as coisas das vozes, olhava pro tempo em demasia, não era um entreter-se com a realidade como deveriam ser os homens. Já havia diminuído grandemente o desejo, e, mesmo que quisesse ter para sempre o companheiro do lado, questionava se queria mesmo ter para sempre o companheiro ao lado. Tudo andava numa neblina, turvo, o passado encontrando o presente e embaralhando as coisas, e atordoando, os dois, a cabeça deles. Matias, a ouvir a caatinga, inventava de ser só isso, e ali já não era mais o Matias, o homem botara na cabeça que era ele ouvinte da mata e que a ela deveria obedecer. Não era mais o mesmo Matias. Nele, os ventos sopraram inúmeras vezes, e tudo o que foi não voltou, tornou-se outro. E Darian sabia, via que o companheiro veio a ser alguém que não era antes. Mas ele, o Darian, claro, ele era quase o mesmo. Quando mudou, mudou para um outro eu, cujos desejos insistiam na fuga e traçavam rotas pela liberdade... dele e do outro! Preocupava-se com a liberdade alheia, tentou arrastá-lo algumas vezes para o lugar profundo do arrepender-se e do escapar. Matias nunca aceitara o convite, e, ainda que cedesse hora ou outra à proposta de um dia, quem sabe, só um dia, em hipótese, talvez, por que não, fugir do lugar das lembranças violentas, o longe que abraçava o perto, a tempestade no meio.[4] Mas, não, tinha medo demais, era isso que o Matias era, via os olhos do Darian: medroso. Não se aprofundava em si e também temia o passado, fugia do que havia porque tudo o que lhe parecia iluminar era a fuga de si. Não tinha coragem, e só ousava ir aos lugares recônditos nos quais existia sozinho ou acompanhado do parceiro quando lhe era feita insuportável insistência. E, de alguma maneira, estava Darian também cansado disso, de ser coragem sozinho. O medo do Matias, agora, com o futuro a abrir caminhos, surpresa, possibilidade do liberto, domou-o e, neste invadir o peito, o dentro, quando vazou, transformou-se na raiva e no ódio, expulsou Darian de casa, incompreensível, incompreendido, Darian já não perdoado, culpado de tantas outras coisas e agora desta, alvo do flechar odioso, amargo. Matias fora amargo, um excesso colérico, atitude impensada, impulso? Ou lúcido? É lucidez o que tem quem escolhe punir quem o violenta? Qual o ato humano em revidar a vítima ao agressor que bate para se proteger? Não havia sido legítima defesa, fora ataque, ir embora era ataque, violência, mas também era defender-se, poupar-se.

— Tu já pegou tuas coisas tudo? Arrumou as malas pra ir mais tarde? E vão de quê? — A estas horas, o comer e o mastigar de dona Leidiana estavam já pesarosos, infestados pela tristeza da separação, mãe que se despede, pedaço arrancado, saudade adiantada, o revés de um parto.[5]

— Nam, não tem o que arrumar, não. Disseram que era pra levar só a roupa do corpo e umas outras coisas pequenas, porque não tem espaço pra tudo e que tem muito peão indo pra lá. Vão levar a gente em carro da empreiteira, tem ônibus, mas é pouco, mas tem pau de arara também. Aí diz que na hora uns vão de pau de arara, outros vão nos ônibus, mas garantiram que todo mundo vai. Disseram que é caminho longo, mas que chegar, chega.

— E tu tem certeza de que quer ir, Darian?

— Mãe, eu não posso ficar aqui.

...

Já noite, quando dona Leidiana pôs-se a fechar as portas e as janelas de casa, saiu olhando para cada canto como se fitasse o tudo por uma última vez... Estava havia muito tempo sem dormir com Darian no quarto vizinho, mas não nutria dele uma saudade exata. Tinha acesso ao menino com alguns muitos passos Saleiro afora, bastava seguir a piçarra de caminho livre, para dentro da mata, e achá-lo em casa acompanhado daquele com quem dividia a vida. Desta vez, porém, o fechar das portas era diferente. Vagueou pelos cômodos em passos lentos, os olhos fartos d'água, o arrastar-se a fazer barulho. Lembranças do porvir chegaram, e as recordações inventadas não lhe deram paz, arrancaram o sono, perturbaram-lhe o presente e o futuro, o passado a fazer morada num buraco escuro. Sabia que havia liberdade no caminho do rapaz, para onde fosse, Darian não seria demônio ou bicho amaldiçoado, e de sua imagem sob aquele teto materno só restaria a glória de ter sido um bom filho, que escapou do sofrimento uma vez e agora de novo. Quando chegou ao quarto do homem, agora vazio de verdade — nem roupas, nem calçados, sacolas vazias na parede, uma baladeira enganchada no torno, a capanga do lado, as pedras fazendo-lhe peso —, notou a cama bagunçada, o tecido amarrotado, o travesseiro torto, e ajeitou o aposento. Não suportou a solidão que se apossou dela e de tudo e começou a chorar, soluçando, revelando o sofrer, rompendo o silêncio. A saudade a pulsar no peito, viu que já sentia falta, e o tempo ainda nem havia corrido. Saudade é arrumar o quarto de um filho que já se foi.[6]

18

Deitar-se sem Darian ao lado causou no Matias um sincero encontro com os temores próprios. Há muito tempo, tinha os medos colocados sob um guarda-chuva de proteção dos braços daquele que um dia lhe deu amor. Darian era para o homem agora solitário certa paz, a companhia que lhe dava respiro no afogamento. Criança, quando temia as surras da mãe e os escuros assombrosos, era Darian e sua ousadia, coragem estupefata, desobediência ambulante, quem lhe fazia o conforto parecer possibilidade. Na primeira madrugada abandonado, sozinho a sentir o vapor da cama sem ninguém com ele dividir a sensação do calor, voltou a chorar, porque chorara mais cedo, e tudo o que fazia agora era debulhar lágrimas e clamar por piedade. Passou a noite sob o choro, e, aos poucos, uma tristeza violenta e fria contrastou as temperaturas de todas as coisas e o calor do Saleiro foi-se indo embora, afastando-se, Matias em feto sobre a cama, o colchão suado, o vazio a estremecer-lhe o dentro e o fora, e tudo era o só, o não é possível, o inacreditável, o sofrer. Não foi demorado dar-se conta de que não estava mais acompanhado, caiu a ficha: bastou o sono que não chegava, a lamúria a cortar-lhe, o silêncio do entorno. Nem bichos rastejavam, não houve por ali o cantar das cigarras, os grilos, todos, calados, e sozinho o homem chegou a clamar, em silêncio, pela voz da caatinga a alentar o desespero, implorou pela loucura. Não era louco? Não foi a loucura o que lhe cismou a parceria? Mas nada. Não pôde devanear deitado, encolhido sob aquele teto nem sequer com o inimaginável, com o que mais ninguém ouvia ou via. Ninguém vinha. Coisa alguma o acompanhou. *Ê, caatinga, mata, minha mãe, faz-me companhia, tira-me deste buraco, entrei aqui e daqui não sei sair!* Como gostaria de gritar para a calada noite um berro de socorro, súplica de alívio. Queria dormir, os olhos inchados, e de repente lhe incharam todos os pedaços, cada escama do eu a rodar sobre si e lhe perfurar a pele.

Trovejou do lado de fora, o lampejo fez brilhar as brechas do teto das telhas, enrolou-se em sua manta. De repente era frio: agonia indizível. *Sou algo e não o sou, cadê o Darian? E se ele voltasse?* Pediu aos céus que pela porteira entrasse o corpo desobediente do homem que lhe fazia companhia e lhe era amor, mas que também lhe causara tanta coisa, tanta raiva. Raiva. Também sentia raiva e, em certos pedaços, era só raiva. *Como pôde jurar para mim que sem mim não iria, e foi-se, teve a coragem de ir, deixou-me aqui. Olha eu embrulhado nesta manta que era nossa, e agora é só minha, suando sobre esta cama que era nossa, e que agora é só minha, eu e meu corpo, que era nosso, e agora é só meu. Eu, dono do meu corpo, mas nem existo.* Matias navegava neste pensar para frente e para trás. Como é esférico o intraduzível sentir do amor perdido. Era culpa dele? Foi ele quem admitiu haver-lhe loucura quando o médico lhe perguntou sobre vozes e coisas assim. Mas não mentiria, não. Não mentiria, seria honesto, porque sempre foi de preservar o lado verdadeiro das coisas, não gostava de mentiras. Preferia os segredos e, por isso, amassava-lhe o juízo o desejo de voltar à hora da pergunta do doutor e esconder dele suas conversas com a caatinga. Poderia ter não dito nada. O que lhe deu na cabeça para admitir coisa assim, de ouvir vozes? Não compreendia que a entrevista e a viagem para as Minas, a fuga, eram coisas sérias? Darian estava a levar tudo com tamanha seriedade... Não seria mentira não falar das vozes... seria segredo. E segredos sabia ele guardar. Guardou, e guardam, ele e o Darian o segredo do acontecimento. E iam tão bem nisso de esconder. Sabiam de algo, um do outro, que ninguém jamais fez sair--lhes pela boca, pelas ventas ou pelo corpo. E olha que não faltavam aos dois vontades! Amavam-se, e era neste agarrar do amor que preferiam prezar um pelo outro fazendo-se baús daquela história. Quando os sujeitos se põem a amar, fazem isso. Todos temos segredos, não se esqueça o leitor disso, já disse. Todos temos segredos, alguns só nossos, é verdade, mas há os segredos de mais de um. Tinham um segredo de mais de um, e tinham mais de um segredo que eram dos dois. Veja o próprio entocar-se: ninguém jamais soube dos dois meninos a fazerem badernas nos corações, e ainda assim eram espelhos, viviam isto sem o contestar dos intrometidos. O que diziam dos dois por aí, e isto não é novidade, é que ambos eram demônios. Criaturas sujas, coisas horrendas, desrespeitosos, excomungados, diabos, os dois. Diabos! Eles e a dona Leidiana, bruxa maldita. Pensou em dona Leidiana e soluçou no choro, os ouvidos se tapando: ao menos ainda tinha a ela. E será se tinha mesmo? Darian disse que a mãe ficaria por aqui. Mas queria Matias encontrar a mulher? Pedaço ambulante do homem que o abandonou, promessa quebrada, traição.

Pelos dois, Matias suportou tanta coisa, apanhou e sangrou algumas vezes, envolveu-se em compreensão e perdoou. Perdoou porque há no perdão a lâmina do amor. Ela que corta quem ama e quem é amado, quando usada na maldade ou quando feita arma do imprevisível, do quase inevitável. Estava agora sozinho no Saleiro, a encarar o que ficou e o que deixou para ele o Darian. Disse que voltava. Volta coisa nenhuma, que se voltar nada é o mesmo, não vai ser o Matias o mesmo, nem vai ser o mesmo Darian. Nada fica a ser a mesma coisa quando o ir embora chega. O ir embora é uma tragédia, e a tragédia, digo de novo, a tragédia muda tudo. Insistiu no choro quando se deu conta de que já havia agora, precoce isto, coisas que estavam fora do lugar... Viu-se nos retalhos das lembranças que causaram o tudo, o depois, o agora, e em retalhos percebeu-se picotado, peso a cair, queda brusca céu abaixo, o colchão vazio a amortecer. Sentia que morreria. Onde buscaria coragem?

19

O trabalho nas Minas era mesmo árduo, coisa torta, desconhecida: Darian fingia que sabia fazer os serviços com os cimentos e os blocos, e os blocos e os cimentos fingiam ser de forma adequada colocados por ele em seus lugares. Tudo era troncho, trabalhava fizesse sol ou fizesse chuva, e, quando chovia, era um aguaceiro diferente, gelado, pesado, espaçado. Não havia garoa, o chuviscar não era anunciado por prelúdio, ou, se era, não sabia ele reconhecer. E havia nas Minas muitas coisas que Darian não reconhecia: tudo era muito verde, o chão era mais vermelho que amarelo, o ao redor era repleto de morros, a serra, o jeito diferente do povo falar. E agora também, percebeu certo dia, mas deixou isto para lá, não se reconhecia também ele.

Era diária a visita do passado. Deixar dona Leidiana e Matias no Saleiro foi coisa que fez sob certo anuviar das vistas, ponderou pouquíssimo se era aquela a melhor das escolhas. Matutou a ideia por alguns dias, lembrava-se do que sentira quando lhe foi dito pela primeira vez que estavam contratando homens para trabalhar longe do povoado, mas o que se firmou mesmo no solo de sua cabeça fora a chance da fuga, e isso o perseguiu. Foi no amparo que a fuga oferecia, não dando mais conta do viver atormentado no Saleiro que crescia, no demônio que via ao se enxergar no espelho, que Darian fissurou a ideia de que viajar com empreiteira seria uma saída, e que ela acontecesse o quanto antes.

Quando Matias cedeu à insistência, mas se pôs a falar a verdade para o médico, naquele dia, porém, tudo ruiu. Tinha planos o Darian! Tinha planos para os dois, elaborou caminhos, desenhou futuros, apaixonou-se pelo vir a ser, criou lugares e moradas, idas e vindas, bondades, tudo era o imaginável bem-viver longe da tortura. Mas lá foi o Matias falar as verdades. Bicho medroso, estragou tudo. Darian que não iria ficar no Saleiro a aguentar o que lhe estava rasgando a pele. Sentia muito por quem ficaria, mas não deixaria escapar de suas mãos sua única chance. O Matias, todo raiva, fez o que fez, mas mal teve o Darian tempo para mastigar o vai-embora. Foi no dia seguinte que partiu. Havia prólogo de chuva no Saleiro, ele se lembrava, e, ali, ansioso pelo futuro que o aguardava, despediu-se apenas da mãe. Certo encanto pelo novo e importante apego à liberdade anestesiaram seu sentir-ausência, e, no pau de arara em que subiu às ordens dos homens da empreiteira, olhou para o Saleiro uma última vez, a poeira levantada pelas rodas do caminhão, subindo, encontrando o cinza do céu, uma cor opaca que avisava os de baixo que logo o mar de cima cairia.

Chegou e não tardou a aprender a trabalhar. Ensinaram-lhe as principais manhas e lhe deixaram lúcidas as regras: tinha hora de dormir, hora de comer e hora de trabalhar — esta última tomando a maior parte do dia. Comiam o que chegava, marmitas, comida insossa, nada a recobrar os temperos de dona Leidiana, tudo tinha gosto de falta e de saudade, mas, parecia entender as coisas assim o Darian, era este o preço da liberdade. Respirava aliviado quando se lembrava de que ali não era demônio. Não sabiam seu nome, e pouca gente perguntou. Seu existir não chamava atenção, passava despercebido, meio matuto, ludibriado pelas novidades da terra das Minas, as coisas todas a serem novas assustando-o em forma e conteúdo. O novo assusta mesmo, nos acanha, enlaça-nos em timidez, e lá estava Darian, tímido, mas, em certo grau, destemido. Ter deixado para trás tudo o que era, ainda que estas coisas agarradas às lamúrias da memória, especialmente, sim, o Matias, foi uma confusa mistura de coragem e covardia. Escapuliu daquele redemoinho do sofrer para encarar um outro sofrer, num outro lugar, mas este, apostava ele, talvez lhe fosse mais suportável, quem sabe tolerasse.

E não houve um dia que não se lembrasse do Matias e de dona Leidiana. À primeira vista, ainda bêbado com as coisas do novo, adestrando-se ao trabalho que nunca lhe fora habitual, era comum que se envolvesse mais no ofício do que nas memórias. Dia ou outro vinham elas cutucar Darian à noite, quando se punha na rede armada nos tornos do alojamento, a escola, ainda em vigas e cimento mole, se erguendo a alguns metros dali, o frio das Minas fazendo arrepiar seus pelos — e as cobertas, mesmo que duas ou três sobrepostas, não eram suficientes para oferecer o conforto de uma temperatura que o acolhesse. Foi acostumando-se com o rude viver dos homens da firma, que dormiam cansados, pois todos os dias eram cansativos. Mas, antes de fechar os olhos, à noite, antes de agarrar-se ao descanso, sempre lhe fazia arder na nuca a lembrança do que deixara para trás. E isto foi se inteirando, os pedaços se ajuntando, tudo se unindo, o escape evaporando, a chuva a fazer lama vermelha no chão do lugar do trabalho, as botas manchadas da terra, as mãos calejadas. E o tempo, ousado, cuidou em trazer também para as manhãs de Darian as lembranças. Porque há isto: ninguém escapa das memórias. Algumas se perdem, mas a todos elas se agarram, e neste amarrar destas coisas ao nosso corpo há os que se enforcam, sentem o grude gosmento do irreversível enlaçar com a própria pele. Tem gente que não quer também se apegar ao esquecimento. E é importante dizer que, ainda que houvesse muitas coisas das quais Darian queria se esquecer, fazer sumir, não estava nos seus planos tornar Matias e dona Leidiana um não existir.

Nisto, relógio foi apertando as coisas. E o tempo é cruel. Quando nos dá pedaço dele, respiramos, conseguimos fazer o labor do pensar nadar em calmaria, a paciência é quase sempre uma dádiva, privilégio de poucos. Porém, o destino, ele amigo do tempo, ah, o destino faz-se impaciente vez ou outra, e é nesta seara que ele aperta o tempo, que, apertado, impaciente, pressionado, nos aperta, e o apertar do tempo esgana tudo, espreme, bota para fora, à força, o que estava guardado e deveria ser mantido guardado. Não é tudo que o tempo aperta, é verdade. Mas, quando invocado com algum sujeito, obstinado com um senso de fazer cumprir o algo, talvez a justiça, o passar das horas e dos dias vai trucidando seus intentos. A forca pegou Darian quando já ele não aguentava mais a rotina cansada de erguer paredes e remendar buracos com cimento, fazer concreto. A canseira foi fazendo a cabeça do homem repousar num lugar do pensar, e do repensar, do matutar em si sobre si, e logo as lembranças já não eram visitas matutinas ou noturnas... eram o dia inteiro.

    Começou a render pouco no serviço. Ainda cumpria as ordens, precisava manter o ritmo ou parte dele, estava indo bem. Já havia conseguido juntar um pouco de dinheiro, mas bom, e acomodara-se com a repetição do que fazia. Estava tudo repetido e era tudo repetição, e com o envelhecer das coisas foi-se tornando também repetição a memória, que se afiou, num lapso lento, até não deixar ileso mais nada que a tocasse. Quando viu, estava Darian todo cortado. Pensava no Matias e na mãe de modo a consumir-se, o passado a engolir-lhe a alma, ele sugado para o fundo do eu. Demorou, mas chegou a conta: tinha feito o irreversível e havia, agora viu, perfurado quem amava com a mais impiedosa das armas, e não havia o que fazer, a tragédia iluminando os rumos dos que são por ela atravessados. Agora acordava em culpa, dormia em culpa, a rede era culpa, as mantas eram culpa, o cimento era culpa, os olhos eram culpa, a chuva era culpa — molhava tudo —, o frio era culpa, as escolas que erguia, ele e os outros peões, agora quase prontas, eram culpa. Tudo o que se levantava ao redor, por ele ou para ele, com o tocar de suas mãos ou com sua cegueira, tudo era culpa. *Como pude fazer o que fiz?* Vinham estes pensamentos o dia inteiro, e, mesmo que o suor a lhe descer a testa tentasse trazê-lo de volta à realidade, lembrando-o de que o que fazia era trabalhar, não havia rumo para o qual podia ir sem sentir a invencível culpa. E já sentira antes a culpa, não era este sentimento novo, não por inteiro. O que era diferente desta vez era a solidão: quando sentiu culpa imbatível uma outra vez, havia alguém a quem se agarrar. O Matias dividia com ele a implacabilidade do irreversível, o acontecimento os marcou e os uniu, e aquilo jamais foi, ou seria, arrancado do lembrar do Darian — e, tinha certeza ele, nem do Matias. Agora, todavia, a culpa vinha sozinha, vinha sozinha e vinha dobrada, em dobro, tudo o que sentia era dobrado. Se antes o que sentia era dividido, era metade, agora tudo o que lhe caía sobre as costas era vezes dois. Dobrava todas as contas com a vida e dobrava-lhe também o estômago: começou a adoecer, passava mal ao longo dos dias, vomitava enquanto trabalhava, vomitava antes de dormir, acordava vomitando, tudo numa repetição que lhe imputava a exigência do recordar, de novo e de novo. Invadiram-lhe febres diversas em muitas noites, todas elas lembrando a ele que houve quem fora deixado e que o sentimento alheio talvez lhe tenha servido de descarte. Mas não descartou ninguém! Não fez isso com ninguém, não! E fez o quê? É o quê, aquilo que fez? Coitado do Matias. A mãe talvez até o compreendesse, mãe é bicho que entende, cria-nos e nos dá asas; quando escolhe deixar que abracemos a liberdade, perdoa. Mas o amor? Se não for de mãe, o amor nem tudo entende, tudo o amor questiona, põe-se no caminho, intromete-se, invade, às vezes na melhor das intenções... Mas nem tudo entende.

    O Matias o entenderia um dia? Que nada... Darian pensou nas muitas coisas que fez a ele, na promessa quebrada, no cortar-lhe o peito com as palavras, das mais antigas às últimas, no bater-lhe por fora e por dentro. Arrastou-o junto à tragédia, só isso o que fez. Se ao menos fosse à tragédia sozinho, se ao menos não tivesse o Matias qualquer coisa a ver com o acontecimento... Puxou-o para um buraco, isso sim. Coitado do Matias. *Coitado do Matias*. E nem merecia aquilo pelo que precisou passar, e só passou porque amou o Darian. Culpa, era tudo culpa. Como estaria o Matias agora? Acusou-o tantas vezes de também ter dedo no antes, no depois, e no depois do depois, mas viu... viu, não... *admitiu* que tudo era, na verdade, feito dele e de sua ira, que é maior que ele mesmo e maior que tudo. Como estaria o Matias agora? Será que dormia direito? Será que pensava no antes? Será que ainda dormia na mesma casa? Será que estava fazendo as coisas do jeito que fazia antes? E com a caatinga? Ainda conversava com a caatinga? E chamava-o de louco. Matias tinha era medo, queria ser protegido, e Darian deu a ele proteção, proteção e até mais, porque era também para ele fera, e foi para ele, como recorda agora todos os dias e o tempo todo, coisa cortante. Cortou tudo, esquartejou o homem que amava, que nem era merecedor de tal ato. E o deixou sozinho, abandonou-o. A ele e a sua mãe. Mas, pensou de novo, mãe é bicho acostumado com o perdão — e, sentia, quando voltasse ao Saleiro para visitá-la, ou quem sabe tirá-la de lá, ela certamente com ele partiria. Mãe perdoa. Então, talvez, é, talvez, não tenha o Darian abandonado sua mãe. Acreditava que ela o esperava, e acreditava que um dia voltaria, e que não demoraria... E no fim, ela, dona Leidiana, ela entenderia. Mas o Matias? Coitado do Matias. Não entenderia, não era obrigado a entender.

    Quem percebeu a fraqueza para o trabalho de Darian foi seu Nonô. Em todo este tempo, Darian fez apenas um amigo, um homem de confiança para dar coleguismos, já senhor, tinha lá uma idade de pai-velho, o cabelo branco, mas não chegava a ter jeito de avô. Darian encontrava, no erguer paredes, uns e outros peões ao longo do dia, não trabalhava sozinho, o esforço de fazer surgir escolas é obra coletiva, há de se colaborar, precisa-se do eu e dos outros. Isso não significa dizer, contudo, que havia espaço para grandes e boas amizades a serem enlaçadas entre os dias. Não era com todo mundo que o homem simpatizava. Considere o leitor também ser o Darian homem corajoso, mas desconfiado, e, assim, nos últimos tempos aquilo em que menos passou a confiar fora em gente, a incluir nesta conta ele próprio. Matutava ultimamente como ele mesmo não era bicho em que se confiar. Pelejava na história da traição sobre o Matias, no deixar-a-mãe, no fugir do que lhe era redemoinho de agonia, em ser fuga e só fuga, ser gente do depois e o depois ditando a si e suas crenças, moldando seus feitos e imputando-lhe obrigação de traições. Entendia o que tinha feito e suas razões — algumas delas apresentadas em sua cabeça aos mosaicos —, mas tudo ainda havia de ser tão turvo, e parecia que seria para sempre tão turvo, que não acreditava no que pensava ver sobre si. Duvidava do eu do agora e, em mesmo impulso, também desconfiava do eu do passado, do eu que fez o que fez e partiu, que deixou para trás quem lhe era receptáculo da boa vontade e do amor. Como podia não desconfiar da própria sombra ao ver ele mesmo sendo pena do escrever arrependido das coisas? Foi o arrependimento que lhe invadiu o corpo e fez atrasados seus esforços para a obra que acontecia, ela quase para acabar, num prazo apertado, diziam os engenheiros e os pedreiros a comandar os serviços; atrasava os esforços, andava cansado, repetia o carregar cimento e organizar blocos em parede como repetia para ele o insosso rodear do gosto amargo na boca que exalava do arrependimento, a culpa sendo raiz da árvore que sobre ele, e sobre o tudo, se erguia, sombra nenhuma à vista, ele exposto ao sol, ainda que, fora de si, chovesse. Essa era uma coisa curiosa das Minas, porque ali, naquele período demorado em que sobre a terra vermelha trabalhava, Darian viu mesmo foi o cair d'água. Em alguns dias, a chuva vinha forte; noutros, murcha; mas nunca o céu estava limpo, o azul lhe foi coisa rara, e não podia deixar de perceber a repetição da culpa tornar espelho outras coisas além do labor: os dias, todos iguais, lembrança de que o passado o aguardava, o arrependimento pelo feito pesando a nuca e... o serviço. Como ia lento no serviço, e todas as coisas se lerdeavam em suas funções. A saudade, irmã da culpa, parente do arrependimento, a família toda junta; bem, a saudade foi se aconchegando nos espaços de Darian, e não de forma repentina estava ele todo a mover-se num espaço da falta. E tudo começou a faltar: a força, o desejo de ali continuar, os motivos para estar distante, o amor, o aconchego de boa cama, a temperatura que lhe moldou a criancice, a mãe, o Matias.

— Meu filho, pelo amor de Deus, se tu não melhorar o jeito que tu trabalha aqui, é já que te mandam embora. Aqui tu tem que trabalhar, Darian, tu tem que trabalhar. Não existe isso de vir pra obra e ficar fazendo corpo mole. Tu tá é doente, é? Se tiver, tem que dizer, que aqui o povo traz remédio. Eu te vi vomitando um dia aí, mas já faz tempo... Tu tá é vomitando de novo?

Seu Nonô destroçava a coxa de um frango magricela na marmita que segurava com a mão livre, sentado num banco de plástico simples e sem encosto, as pernas abertas a segurar-lhe o corpo envergado para a frente. Comia com calma, e desta vez estava demorando para terminar o almoço, pois, preocupado, alertava Darian com um sermão sobre o trabalho que agora o rapaz fazia amolecido.

— Tô doente, não, seu Nonô. Eu tô é triste. O senhor sabe, a gente sente saudade às vezes. Tô com saudade de mamãe, saudade de casa...

— E é só saudade isso daí, é? Você que me desculpe, eu que vivo trabalhando em obra por aí já vi muito peão com saudade, e nenhum deles tinha a cara de sofrimento que tu anda tendo. Tem certeza de que tu não tá doente, não, Darian?

— Doente nada, seu Nonô... Me bateu foi a saudade mesmo, só isso...

— Ave maria. Eu também sinto saudade. Não tenho mais família, é verdade, mas eu também sinto saudade. Só que não é desse jeito aí, não, tô te dizendo. Cace um meio de se aprumar e melhorar, porque ninguém quer homem assim em obra por aqui, não, nem por aqui nem por lugar nenhum. Peão doente atrasa muita coisa, deixa lerda a construção, e de atraso ninguém gosta. Num tem coisa pior que ir andando e não sair do lugar. É assim com as obras também, e prefeitura é coisa que tem pressa. Dê um jeito nessa sua situação aí, seja saudade ou outra coisa.

Darian quase jurou que seu Nonô o decifrava. Não era mesmo só saudade o que ele sentia, sabemos eu e tu, leitor; mas algo de certeza pulsava no olhar do mais velho e invadia Darian, quase forçando-o a delatar-se criminoso, culpado. Era bicho execrável, e tinha tanta vergonha de todas as coisas que fizera que se engasgou com o próprio almoço só de pensar em revelar ao seu Nonô o passado.

— Isso de trabalhar nas obras deixa a gente estropiado mesmo, Darian. Tem doença e tem doença. Só não pode amolecer, porque nós aqui é tipo um time, se um falhar, tudo atrasa, e as coisas atrasadas impedem a vida de todo mundo.

Quando tu ficar assim, mole, tem que pensar em quem tá aqui também. Tu não tá sozinho, ó o tanto de peão aqui também. Todo mundo deixou coisa pra trás e veio pelejar a vida. Aqui é uma chance pra muita gente. Tem quem trabalha nisso há mais tempo, pulando de obra em obra igual a macaco de galho em galho, que nem eu, e já tá acostumado com isso. Mas tem quem tá pela primeira vez confiando que vai sair daqui um pouquinho melhor do que quando entrou. Igual a tu. Todo mundo tem um motivo pra tá aqui, e todo mundo deixou alguma coisa pra trás. Nós tudo precisa tá aqui, uns por uns motivos, outros por outros. Não pode amolecer assim, não, que tu amolece também a vida de todo mundo. E aí acaba sendo mandado embora. Saudade dá mesmo, é assim, todo mundo aqui tem ela; tem pai de família, tem noivo, tem homem novo querendo começar a vida de gente grande, tem quem até na rua morava e conseguiu se ajeitar aqui... Quando a vida dá uma chance dessas, a gente não pode ficar fazendo pouco dela, não. Trabalhe direito, pelo amor de Deus. Se precisar de alguma coisa, fale comigo, que eu sou velho nessa coisa e conselho posso dar. Não posso dar é dinheiro — deu risada —, mas conselho e abraço tu sabe que eu posso dar.

Seu Nonô foi quem providenciou para Darian uma rede para dormir quando ele veio às obras da firma. Quando chegou, ele e uma leva de homens se ajeitaram num casebre improvisado que estava ao lado do terreno onde se construía o complexo escolar da prefeitura da cidade. Não havia camas no alojamento. Cada um que providenciasse seus lugares para dormir. Darian, perdido bizoiando um lado e outro, sem conhecer os homens com quem dividia espaço — nem mesmo os saleirenses que também haviam descido às Minas, todos preferindo virar contra ele a cara, calados em absoluto na estrada inteira, pau de arara em barulho vazio —, chamou a atenção do seu Nonô, peão mais velho, que viu o menino como se nele reconhecesse criança ingênua. *Tu já trabalhou em obra? E tu é de onde? É filho de quem? E tem mulher? Tem filho? Fazia o que da vida antes de se meter por cá? Ê pergunteiro!* Darian foi respondendo ao seu Nonô linhas curtas e desenhos tortos. Não lhe revelou qualquer segredo e também foi cuidadoso na rota para não deixar à estrada rastro algum de passado perigoso. O homem não o conhecia, seria para ele verdade qualquer coisa que inventasse, não tinha que dizer tudo sobre sua vida, podia mentir até o nome. Seria bom se fizesse isso, não? Quando sabem sobre nós apenas o que queremos contar, são poucas as ameaças. Escolheu manter algumas verdades de pé, contou-lhe sobre o Saleiro, sobre tiros em rolinhas, ensinou a ele como preparar as bichinhas na panela do jeito que dona Leidiana sempre fizera, falou de seu povoado, que costumava ser seco, e disse até que no lugar tinha uma santa para o povo fazer adoração... Tudo isso e outras muitas coisas, mas nenhum segredo! Nestes primeiros contatos, o tom de voz do seu Nonô lhe parecia ponte de amizade, boa companhia, quem sabe não estava ali, nascendo naquele pergunteiro, uma amizade? Queria uma amizade. Já estava tudo sendo muito difícil, a fuga, o novo, a viagem lhe cansara.

— Eu tenho essa rede aqui sobrando, Darian. Tome ela pra você, pendure aí num torno vazio, tem este perto do meu... Vá se ajeitando por aqui perto de mim. Se tiver alguma pergunta, pode fazer, que eu dou um jeito de responder.

E não faltaram perguntas: aprendeu com seu Nonô que há empreiteiras que fazem estes trabalhos em todo o país, isso de construir escolas e outras coisas; e que há outras firmas que não são só de construção: tem firma de mineração, de alimento, de roupa, de energia, de limpeza, de carro, de moto, de cigarro... Tem firma de quase tudo. Seu Nonô já havia trabalhado em muitas destas coisas, e já estava acostumado com o jeito de viver que adotavam os homens nesses lugares. Os homens! Seu Nonô disse que quase não havia mulheres nas firmas, mas quanto a isso não entendia o motivo... Preferia as firmas da construção, as empreiteiras, percebia que eram mais organizadas, mas disse que isso era questão de gosto, havia quem se acostumava melhor com outros modos de vender a força.

— Não, seu Nonô, pode deixar. Eu vou me aprumar. Tô com saudade do Saleiro, mas não tô podendo ir embora agora, não. Não posso ser mandado embora agora. Tem mais dinheiro pra ajuntar, prometi pra mamãe que, quando eu voltasse lá, era pra buscar ela. Ficar lá não quero, não, que lá não serve pra mim mais... Queria era só ir lá resolver umas coisas. Tem mamãe, tem umas pessoas que eu quero abraçar, gente que eu também quero tentar trazer pra morar comigo fora do Saleiro. Ficar no Saleiro não dá futuro, não.

— Pois é, Darian. Com a saudade a gente vai vivendo, a gente vai se acostumando. Ela vem correndo atrás da gente e tem hora que alcança nossas pegadas, de vez em quando nos derruba no chão, e a gente cai todo embolado com ela, brigando com ela enquanto rola no chão; mas aí tem sempre a hora que tu vê que tu venceu a briga, ou pelo menos que deixou a bicha lá, desacordada, e aí tu se levanta, bate a poeira do corpo e volta a fazer o teu caminho, deixando para trás ela, a saudade, e quem trouxe ela pro teu rumo. Nisso, tu vai indo vivendo, mas vai sempre olhando pra trás, ficando atento pra quando a saudade vai aparecer correndo atrás de tu de novo. Porque ela volta. A saudade é a eternidade te dizendo que só vai embora de tu quando tu deixar essa terra. Num adianta se afogar em sofrimento.

— O senhor é quem parece saber muito da saudade, não é, seu Nonô?

Seu Nonô se calou. Por alguns poucos momentos esteve imóvel, o olhar percorrendo para trás do Darian. Fez-se ausência, respirou fundo. Era estranho para quem via, e conhecia seu Nonô, assisti-lo desaparecer em frente a quem quer que fosse, como estava fazendo ali.

— A saudade pegou o senhor aí agora, foi? — Darian tentou rir, fazer daquilo descontração pareceu ser o único dos possíveis caminhos que melhor apaziguariam o furor que o silêncio provocou.

— Eu já deitei muita porrada na saudade, sabe? Tive meus dias de rolar a tarde inteira agarrado na coisa da memória. Não dá pra negar, nem pra esquecer. Agora mesmo eu tô lembrando lá de casa, do que eu tinha antes de virar peão de obra. Já te contei? Num lembro se já te contei. Matuto tanto sobre o que eu não sou mais que nem sei a diferença do que eu falo e do que eu penso.

— O senhor já me contou muita coisa, mas nunca me disse muito do passado. Eu só sei que o senhor é do Nordeste também, mas isso sei pelo jeito que o senhor conversa. Não fala que nem o povo daqui. O senhor fala igual o povo lá da minha terra... No mais, só isso. Eu também nunca fui de perguntar para não ser curioso demais com a vida alheia. Vai que o senhor não gosta.

Seu Nonô botou para o lado, no chão, a marmita que segurava ainda com restos de comida, sinal de que perdera a fome ao tocar em sentimentos, respirou fundo. Então, sentando-se de novo à frente do Darian, calculou quanto tempo de almoço ainda lhe restava para contar certa história que em seu coração pulsava, voltou a respirar fundo, arrotou, se aprumou no banco e, quando percebeu que nenhum peão que almoçava por perto dava aos dois atenção, meteu-se num túnel da memória.

— Eu era casado. Eu fui casado. A vida todinha só me casei com uma mulher. A única que amei. Ela eu amava demais, meu Deus... Como eu amava ela. A gente se conheceu numa festa, era tempo de festejo da cidade, já tinha ouvido falar dela, moça boa, e também já tinha visto ela de longe. Só que nunca tive coragem de me engraçar com ela, não, porque todo mundo falava como era brabo o pai dela, seu Elpídio. A moça não tinha namorado nem tinha história de já ter namorado com ninguém, e o que o povo dizia era que ela, bonita daquele jeito, ainda tava solteira porque o pai botava era pra correr qualquer caboclo que atrás dela se encaminhasse. Era prometida pros estudos, não ia ser moça de casa, o pai dela queria que ela se formasse, virasse professora, essas coisas. Mas lá onde a gente morava não tinha muito isso de mulher ser educada, era coisa rara, só as filhas dos poderosos podiam não virar mulher de casa... Seu Elpídio era que era embestado com essa conversa de ter filha formada. Eu me lembro de ouvir na época que ele dizia pra cima e pra baixo que ia ter filha formada pra trabalhar fora, quem sabe um dia sair do sertão e ganhar a vida em cidade grande... E ele chegava inclusive a dizer que ia meter a menina pros lados de São Paulo, que, não sei se tu sabe, é terra de gente diferenciada. Em São Paulo o povo diz que é o futuro. E era pro futuro que o seu Elpídio preparava a menina. Pra ele, menina que se envolvia com homem antes de se formar era mulher perdida na vida. Homem não dava rumo bom pra vida de nenhuma mulher e, ainda pior, podia botar no bucho dela era menino, e, ave maria, se a filha aparecesse prenha. Ele fazia era descer o cacete na menina até ela perder a criança. Batia era no peito pelas esquinas lá de onde a gente morava pra dizer que filha dele não era puta, não ia emprenhar de homem nenhum, repetia a história da formatura, dizia que pra ela era garantida a ida pra São Paulo, bastasse ficar maior um pouco, porque àquela época ainda não tinha juízo adulto pra ser solta no mundo. Mas aí teve um dia que a gente se conheceu, eu e a menina, que nem eu te disse. Festejo de São José, era mês de março, tinha sempre festa grande lá na cidade, nesses dias do ano, por causa do santo. Tinha a missa, aí depois da missa tinha festa na praça, a prefeitura gostava de fazer isso, tinha palanque pro prefeito falar as coisas e as mentiras, essa papagaiada toda que tem em festejo mesmo. Naquele dia o seu Elpídio tinha deixado a filha ir pro movimento, todo mundo ia, até ele, o seu Elpídio, foi! E eu tava lá, né, na praça da cidade, já depois da missa, onde ia ficar o povo pra ver a festa acontecer. Quando vi ela, fiquei foi todo espevitado... Olha se não era a chance de encostar nela e ter uma conversa com aquela moça bonita. O pai dela? O que ele não visse que não sentisse! Tinha nenhuma precisão de eu falar com ela na frente dele... Mas, pra garantir, eu tinha que dar um jeito de ninguém ficar sabendo. Porque, se soubessem dela metida com qualquer um, eu ou outro, iam contar pro seu Elpídio e ele ia atrás do cabra e também ia sobrar peia pra menina. Eu já era meio doido mesmo, fui lá e botei pra uma conhecida minha falar com uma amiga da menina pra falar com ela e ver se ela queria ver comigo. Pois não foi uma surpresa boa ouvir dizer no recado que voltou que a filha do seu Elpídio já tinha olho em mim fazia tempo? Pois, oxe, não perdi foi hora nenhuma, aprumei tudo nisso de vai conversa para lá, vem conversa para cá, e na mesma noite demos um sumiço os dois, levei a menina lá pra casa. Não, não morava sozinho, não. Morava eu e morava mamãe, mas mamãe não era de ir nas folias dos festejos. Era crente evangélica, não ia em coisa dos católicos, não, aí, sempre que tinha essas presepadas dos festejos e das festas na praça, ela ficava em casa, dormia cedo, nenhuma agonia. Mamãe já era de dormir cedo mesmo. Comigo ela não falava nada nunca, sempre foi jeitosa em como me tratava, me criou rapaz educado e de respeito, eu não tinha fama ruim. E ainda era bonito! Quem me achava bonito era a filha do seu Elpídio... Lá em casa a gente tomou cuidado pra não acordar mamãe, que se acordasse não ia achar ruim, mas mesmo assim preferi não incomodar. Só que, de todo jeito, ela tinha mesmo era o sono pesado, e tinha que ter pra conseguir dormir do jeito que dormia com a cidade em festa, a rua uma baderna. Levei a moça pro quarto e a gente se aproveitou. Duramos um pedaço grande da noite, viu. Não sei direito dizer como foi ter uma língua arrastada em mim de todos aqueles jeitos, eu nunca tinha feito aquelas coisas daquele jeito antes. Aceitei tudo, estava à vontade, tranquilo, e tudo virava um prazer intenso que, mesmo antes de acabar, eu pelejava por mais. Quando terminamos e a moça saiu lá de casa, me certifiquei de que ela voltasse para a folia em segurança e calada, ninguém podia saber. Graças a Deus foi tudo muito fácil, lá se foi ela pra praça, *ontava* o pai, ele já torto porque tinha tomado umas, nem percebeu o cabelo da menina assanhado. Fiquei foi tempo pensando naquele dia, com medo do seu Elpídio descobrir. Mas aí os dias foram passando e ninguém falou nada, nem mesmo mamãe falou nada daquele dia, não foi de se agoniar com o barulho, reclamou de nada... E tava tudo bem, então. Eu pensando na moça. Os festejos acabaram, a cidade se acalmou, a prefeitura limpou a sujeira das ruas, tudo foi voltando pro normal, e eu só sentia mesmo era a falta de poder me encontrar de novo com aquele reboliço. Nada podia virar fofoca, isso, sim, era um medo meu, porque, se essa coisa virasse história e se espalhasse, tava eu e a menina lascados. Mas num virou, não... O tempo foi passando e essa história foi escapando de mim e da menina, a gente sem se encontrar. Eu ainda sentia vontade de ter de novo ela na minha cama, e eu sabia que de mim ela também sentia falta. Sabe quando tu sabe das coisas mesmo sem estar vendo as coisas serem o que são? Era como se no pé de minha orelha uma voz soprasse que a menina me queria, e como eu queria ela também, a gente podia virar uma coisa só. Quem sabe um dia. Só que aí essa história não virou o que eu achei que ia virar, não. O que virou foi outra coisa. Um tempo depois, a fofoca que começou a rodar a cidade falava do demônio que tava apossado nos couros do seu Elpídio: sua filha tinha embuchado. Mamãe entrou em casa um dia dizendo que o velho tava virado no cão na rua atrás do safado que tinha emprenhado a filha dele, e a conversa toda chamava ainda mais a atenção de tudo porque a gravidez da moça não era coisa nova, não. A menina já tinha era ido pro hospital ganhar menino. Descobriu a gravidez no dia de ganhar, ou isso, ou escondeu muito bem o que tinha na barriga pelo tempo que se deu. A menina pariu de surpresa, foi pro hospital morrendo de dor, e lá o que fez foi ganhar menino... uma menina! Ninguém nem acreditava numa história dessas, como diabos uma mulher emprenha e não sabe que tá prenha? A menina era solteira, moça direita, sempre dentro de casa, ajeitadinha pelo pai que cuidava tão bem dela. Só se falava no espanto. A filha de seu Elpídio tinha parido e ninguém nem sabia que ela tava embuchada. Mamãe foi quem me disse essas coisas embestada. Ela era quem botava muita fé na criação da menina, conhecia seu Elpídio e, mesmo que estranhasse seu jeito raivoso, nunca foi de questionar o futuro que ele prometia garantir pra cria dele. Como que essa menina apronta uma coisa dessas, rapaz? Que vergonha pro pai, que desrespeito. E o seu Elpídio? Levou a filha pro hospital pra ser ajeitada pelo médico e saiu de lá foi com uma neta! Uma neta que ele nem queria! A filha sendo a filha que ele nem queria! Só não pegou a menina na lapada porque agora estava no resguardo, seria coisa de bicho maltratar a filha numa situação daquelas. Pariu, pois agora havia de cuidar. Mas não perdoou a menina, não, e, enquanto a mãe envergonhada amamentava a criança dentro de casa, curando as dores do parto, seu Elpídio se meteu na missão de achar quem quer que fosse o safado que tinha embuchado sua filha. E os sonhos que tinha pra menina? Morreram todos. Que desorgulho! Seu Elpídio sentia vergonha do que a menina tinha feito, e toda a situação deixava ele ainda mais acanhado. Sua reputação havia pegado fogo! E tinha mesmo quem dava risada dele pelas ruas, mesmo os chocados com o nascimento-surpresa da criança. Mamãe, que já era idosa, velha de guerra, dizia pra mim em casa que nada disso espantava ela. Quando eu perguntava a ela se era mesmo possível uma mulher esconder uma gravidez inteira, ela me respondia que já tinha visto isso acontecer mais de uma vez, inclusive dentro da igreja dela, porque nem todo crente prestava... Eu é quem ia assustado com essa conversa toda. Tinha feito as contas do tempo em que eu e a moça tínhamos encontrado e se encruzado e dava quase certinho o tempo de uma gravidez e, minha nossa senhora do céu, como diabos era que eu ia sentir outra coisa além de medo? Pois será que eu era o pai nessa história? Eu lembro que tinha nessa época duas coisas que me assombravam: ser o pai da criança e o seu Elpídio descobrir que eu era o pai da criança, se fosse esse o caso. Ele andava jurando de morte o caboclo, mas contra a filha de resguardo realmente não tinha feito coisa nenhuma... Bateram na minha porta um dia de madrugada e me disseram que era o que eu tava pensando mesmo, que eu era o pai da criança, que a moça dizia que só tinha como ser eu, e ela não era mulher de mentir. Atribulei o juízo mais ainda, porque agora eu tinha que fazer alguma coisa com isso. O recado tinha chegado lá em casa e chegou pela amiga da moça, foi ela mesma quem tinha mandado a amiga resolver essa história. Acordei mamãe e ela foi logo me dizendo o que fazer, meio desesperada, preocupada, trazendo soluções: disse que eu tinha que ser homem e ir lá assumir a confusão. Duvidava muito que o seu Elpídio ia fazer qualquer coisa contra mim, dizia ela, o velho tinha muito era foba... Mas garantiu que eu soubesse que não ia ser coisa fácil, que eu ia ter que aguentar o tranco. Eu tinha feito a besteira, não é? Ela disse um bocado de vez que eu não ia ser covarde, não debaixo do nariz dela. Não preguei mais o olho naquela madrugada, nem mamãe, e, quando o dia amanheceu, lá estava eu na porta da casa do seu Elpídio, pronto pra tomar até chumbo, mamãe do lado. Contei tudo, a moça confirmou a história, ela tava linda de resguardo. E como era linda a bebê, a minha filha, a nossa filha, né? Mas num tive muito tempo de ficar pensando nisso, não, porque o seu Elpídio começou a jogar na nossa cara que a gente tinha acabado com os planos dele, com as coisas que ele sonhava pra filha, com o que ele queria pra família dele. A bronca foi grande, ele gritava, ameaçava da vontade de me matar, disse que só não me matava porque agora eu era pai da neta dele, e que a filha dele não ia criar criança sozinha. Só que nele não faltou ruindade, não: botou a gente pra fora de casa e a filha dele que acompanhasse, com a criança no colo, eu e mamãe. Pois ele expulsou a moça de casa, mandou que ajeitasse a vida comigo, que eu era sem vergonha igual a ela, dizia o seu Elpídio. Não ia ficar fazendo sala pra gente vagabunda. Mamãe e eu levamos a moça e nossa filha lá pra casa, mas só que a gente não teve um dia de paz, não. E a gente sabia que o seu Elpídio ia agoniar a gente, mas o que ele fez foi covardia. Num demorou um mês da gente tentando deixar a vida tranquila, a moça e eu lá em casa começando a ter espaço pra se gostar direito, a menininha ficando mais forte, mamando no peito da mãe... ela, sempre muito quieta e comportada, ajudando mamãe a cuidar da casa, mesmo no resguardo, num tinha preguiça; num demorou um mês direito e o seu Elpídio, que ficou sabendo que a gente tava conseguindo ajeitar a vida, botou gente dele pra ameaçar nossa casa. Os cabra atiravam nas portas, nas janelas; acordavam a gente com zuada de noite, ficavam batendo nas portas e gritando coisas ruins pra nós. Diziam que se eu saísse ali naquela hora eu ia tomar chumbo, que o seu Elpídio queria me ver morto por causa do que fiz. E diziam no nome dele mesmo, era recado tudo isso. No começo foi acontecendo espaçado, tinha noite de agonia e de susto, mas tinha umas noites de paz também. A pobre da criança acordava apavorada com a barulheira de tudo nos dias que investiam em perturbar a gente, eu ficava morrendo de dó. Eu não saía de casa, não, porque tava mesmo com medo de botar a cara pra fora e eles me matarem. Mamãe dizia também que era melhor eu ficar pra dentro, eu e a mulher, junto com ela, que não era pra sair, era perigoso mesmo. E nisso o tiro comendo solto nas paredes da casa, nas portas, nas janelas... Num teve jeito, a gente tinha que sair de lá. O que seu Elpídio estava fazendo era botar a gente pra fora de casa. E aí a gente deu um jeito de vir embora. Mamãe a gente deixou lá, mas eu, a mulher e a criança, a gente foi morar em cidade longe dali. Me lembro do calor do dia que a gente foi embora. Era uma caminhonete o carro, eu gostava de caminhonete, tinha arranjado uma pra mim em rolo. Mal levamos os panos do corpo. Mamãe ficou, como eu disse. Tava bonita no dia que a gente deixou ela lá, lembro como se fosse hoje. Mamãe tinha costume de arrumar o cabelo num coque, ela tinha o cabelão, brancão, alvo que só, refletia tudo, o mundo inteiro. Nesse dia o coque dela tava bem-arrumado, costume, grande que dava gosto, eu olhava pra ele e ficava encantado. Só me lembro de mamãe com coque no cabelo. Me lembro muito de mamãe. Deixamos ela lá. Letícia nem viu a vó quando a gente foi embora, ela tava dormindo no colo da mãe, sentiu nem o cheiro, era pequena ainda, bebezinha, tadinha. Me lembro dela suando, dormindo e suando por causa da quentura. Ah, é, Letícia o nome da menina, linda ela. Sinto falta. E eu ia vivendo uma vida boa, arranjei trabalho em firma... e foi nessa época que eu comecei a me meter nas empreiteiras. Fui ajeitando a casa que eu tinha com a mulher, a menina crescendo, e eu me dedicando, porque foi nessa folia toda que nosso amor cresceu, porque tem isso também, o amor não é coisa que nasce só em dia bom; eu ia tendo saudade de mamãe, mas pensava que ela podia tá bem, mamãe sabia se virar, ela ficou sozinha mas ia descobrir como se virar. Mamãe se virou a vida toda. Eu aprendi com ela a me virar. E aí eu ia me virando, revirando a saudade e o amor, pelejando pra ser um bom pai, um marido que prestasse. Aí teve a época que eu fui trabalhar longe em construção, ficava um mês fora de casa e voltava pra passar uns dez dias, era como funcionava. Essa era a pior peleja dos peões, ficar longe de casa, das esposas, dos filhos, da família, sentia saudade demais... Num dia desses de recesso, eu voltei e descobri que já não era mais o homem da casa. Minha mulher estava com outro cabra, e nossa filha até sabia disso, só que cumpria a ordem de guardar segredo. Eu tava cansado, andava triste, com saudade de mamãe, pensando nela, e também com saudade de casa, triste com a canseira do trabalho na firma, esmorecendo o corpo, já não tava tendo assim tanta força... E, quando voltei e descobri que minha mulher tinha outro, eu fiquei foi ainda mais triste, enfraqueci o juízo e as pernas, foi um tempo muito ruim. Ali eu pensei que não ia ficar vivo. Deixei tudo pra ela, deixei tudo o que a gente tinha pra ela. Fui embora, me meti nos trabalhos com a firma, agora fico pra lá e pra cá quando tem as obras, pulando de construção em construção. Eu sinto saudade da mulher e da minha filha, queria ver se tá grande, se tá estudada, se tá dedicada a alguma coisa que preste, se a mãe é boa pra ela... E eu sinto também muita saudade de mamãe. A gente deixou ela lá e eu tenho certeza de que ela deu um jeito de se aprumar. Mas eu queria encontrar ela de novo, dar um abraço... Deve tá viva, que tinha a saúde boa, o juízo era certinho, mesmo com a idade que tinha. Eu tenho fé que ela tá boa; ela, a minha menina e até minha ex-mulher. Não desejo mal a ninguém, não, que a vida faz com a gente o que ela tem que fazer. Vai ver o que o mundo queria era que eu te encontrasse aqui, não sei. Ou vai ver nem tem nada disso, e as coisas só acontecem. Mas aí, se for isso viver, é ruim demais, porque tem muita coisa ruim que acontece com a gente que, se num for pra ensinar, num tinha que acontecer, não. Se aprume, Darian. A vida é assim. Dá pra sentir saudade e ir vivendo.

— E o senhor não tem vontade de voltar correndo pra esposa, pra filha, pra mãe do senhor, não? Voltar pro Nordeste, quem sabe?

— Ah, vontade eu tenho. Tem dia que o passado vai me puxando pra dentro dele, e eu vou e entro nessa dança com ele, depois eu quem puxo ele pra mim, e ele vem, e vai sendo assim, um vai e volta, e tem dia que é só isso, inteirinho disso, e tem dia que dói mais que outro, mas o que é que eu posso fazer? Essa dor assim, de não poder voltar pras coisas e não poder sentir o que foi sentido de um jeito diferente, é a dor do impossível. E o impossível já diz: é impossível, é o que é e pronto. A única coisa que dá pra fazer com a dor do impossível é sentir. A gente quer resolver ela, mas isso aí é besteira, porque não dá pra resolver a dor do impossível, não. Ela é filha do passado, e o passado já é o que é. Então o que é que eu vou fazer com a vontade de largar tudo e viver as coisas de um jeito diferente? E no mais, tudo já é outra coisa também.

...

Darian encheu-se de insistência na busca pelo desviar do esmorecimento. Pelejou por dias inteiros para manter bom e produtivo o ritmo do trabalho nas construções, diante de chuva ou de sol — este apareceu algumas vezes a mais desde que a saudade começou a domar-lhe o peito. Revezavam dentro do homem a saudade e a culpa, as duas a girar e aprofundar o engolir-se de si que estava a ser o Darian. Seu Nonô via o rapaz a se abrir em lascas finas de algo que o dissolvia e, já velho conhecido de alguns maus sentimentos que ventam sobre o caminhar de gente, parecia enxergar, na fraqueza do labor do Darian, o esfacelar de sua pele em culpa, arrependimento, raiva de si — sim, de si —, e, como já havia ele confessado, saudade. Não sustentaria o continuar. Deixou que o rapaz então se descamasse, não iria ser pedra em sua estrada, viu-o ser consumido pela indisposição e pela tristeza, pela repetição destas coisas que se moíam sobre elas mesmas, e previu a despedida. Tem gente para quem continuar e insistir são como o passado: impossíveis. Há coisas no viver que não andam nem voltam, daquelas cujo encerramento deve ser a única possibilidade, parede alta, impedimento. Tem gente que toca a cavalaria quando nota que é pro coração não se meter.[7]

Darian não esperou ser mandado embora, pediu as contas. Despediu-se do seu Nonô sem cerimônia e avisou-o de que se ia. No ato de não dar conta de si, alvejou seu futuro com o passado e, com esperanças banhadas em dor, regressou ao Saleiro com as mesmas roupas e coisas pequenas com as quais de lá havia saído — e com algum dinheiro nos bolsos.

20

Estava o Saleiro em cor e temperatura que agradaram o corpo do Darian, cansado da viagem de volta. Pagou algo caro no retorno, mas não reclamou do preço, poria para fora da carteira o valor que fosse preciso para encontrar-se com a mãe e fazer brotar de novo nele a alegria. Era noite, caminhava no silêncio da pacatez do povoado, o peito borboletando de ansiedade, os grilos trilhando a música do retorno. Respirou fundo abraçando passado, presente, presságio do futuro. Era testemunha de sua chegada o céu estrelado, a mata dormindo num verde a ser visto na peleja do ver-o-longe. Bateu à porta. Algumas vezes. A tranca rodou, olho no olho, um sorriso desavisado, quatro olhos a ensoparem-se da nascente do dentro, dona Leidiana a suspirar em imenso alívio, enroscados em abraço, sensação do finalmente clímax desejado.

— Darian! Darian! Meu filho! — Ela o soltava e o agarrava, soltava e agarrava, soltava e agarrava, olhava-o nos olhos, soltava e agarrava, parecia não acreditar. Parava, segurando seus braços, rasgava no filho a pele do rosto com os olhos marejados, as lágrimas a molharem o pescoço do homem no abraço acalentado. — Darian! Que saudade, meu filho! Que falta tu me fez, nem nisso eu acredito! Pedi tanto, orei tanto! Tu tá vivo, tá em paz, graças a Deus! Tá tão bonito, meu filho, tão bonito! — Agarrava e soltava, agarrava e soltava. Darian, a chorar, apregou forte o corpo na mãe, abraço demorado, tentava ali matar a ausência, o encontro arma saliente, sentia pôr fim a um sofrimento. Como é belo o fim do sofrer. — Entre, entre que suas coisas, o seu quarto, tudo aqui tá do jeitinho que tu deixou, tá tudo limpinho! Eu esperei todo dia que fiquei aqui, meu filho!

Dona Leidiana estava quase sendo atropelada pelo sono quando a porta fora cutucada pelo bater do Darian. Estranhou quando lhe foi perturbado o calar da noite, teve medo, tinha motivos para ter medo e, por isso, custou certo tempo para destrancar. Mas não eram agoniadas as batidas, notou, não tinham o *toc-toc* típico da ameaça, nada gritava perigo. Abriu sentindo que era coisa boa, só não esperava ver pelo batente um presente: seu menino, um rapaz, o homem, ali, a querê-la mãe de novo, só acreditou porque via, não podia ser sonho, estava acordada! Darian. Voltou para casa o menino! Veio fazer visita, veio ficar, ou veio cumprir a promessa de buscar a mãe? Interessava mesmo era a presença, os abraços, as lágrimas que regaram os capins secos que o tempo lhe impusera diante do que aconteceu no vácuo da saudade.

— Tá cansado, tá? Tem comida, dá pra requentar aqui e comer agora. Come, moço, que com fome ninguém precisa ficar. E tu voltou assim sem nem avisar, rapaz! Mandasse ao menos recado! Eu preparava comida mais cheia! Que cabelo grande, Darian! Não cortavam o cabelo de vocês lá onde tu tava, não? Como foi, como tu tá? O que é que aconteceu pra tu voltar? Que demora, meu filho! Eu cheguei até a pensar que tu não vinha mais!

    A gratidão andava sendo sentimento escasso ao homem. Há certo tempo tudo era falta, e agora lhe envolvia em camadas confortáveis de alegria o preencher da vida, a mãe o fazendo sentir de novo o amor, e como era bom ser abraçado em amor, o genuíno e misericordioso amor. Viu na dona Leidiana alguns fios de cabelo branco, um olhar um tanto cansado, a simplicidade a fazer-lhe vestes, roupa antiga, conhecida, nada trapos. A pele tinha a cor de sua linha da vida, algo que o fazia recordar-se do passado, e do passado do passado, o manto de sua avó, e da avó de sua avó, o preto nada opaco de sua testa esculpido em linhas e marcas da idade — elas, porém, suaves, rasas. Havia sobre a cabeça ainda o negro da escuridão a pintar o coco da cabeça. Manteve no corpo a robustez, não estava mais gorda ou mais magra, era a mesma: forte, ereta, certo olhar de teimosia, a felicidade a brigar com a euforia, e, de alguma maneira, percebeu Darian, dona Leidiana estava até mais bonita.

    Mas, comendo defronte a ela, que preferiu não jantar de novo, o homem viu enquanto a observava calada, ela também a observar o filho nos olhos com atenção, reparando-o rapaz crescido, com mais músculos e maior tamanho; neste espelhar do olho em silêncio, mastigando, Darian notou, por detrás da cortina de contentamento radiante, profunda marca reluzente da preocupação, o agoniar do corpo deixando escapar seus pedaços pelas janelas do rosto de sua mãe. Os ombros se desenhavam pesados, os lábios não se encurvavam para ilustrar só a felicidade, havia algo sutil, um refletir discreto de desespero, o medo, um aparentar mais perigoso que a tristeza.

— O que é, mãe, que tem aí?

— Como assim, menino? Come tua comida, eu tô é te olhando, feliz que tu voltou. Tu fez falta...

— Mãe, se engane, não, que eu fiz falta, mas lhe conheço. Tem coisa acontecendo, o que foi? Mudou o quê? Se for conta pra pagar, eu trouxe dinheiro, dá pra resolver um pouco. Me diga, o que foi?

Dona Leidiana se manteve a encarar o filho nos olhos, negou desviar, titubeou para falar respostas. Não se tratava de dívida ou de conta pendente, não lhe consumia este tipo de desordem; mas havia, admitiu para ela que precisava confessar, coisas devastadoras a serem ditas, e que deveriam ser contadas ainda ali, antes que o dia se fizesse dia. Respirou fundo algumas vezes, deixou que o silêncio pavilhasse os carreiros que percorreria quando iniciasse a conversa, e, vendo que Darian desistira de terminar a janta, agora preocupado, pôs-se ela a anunciar que, no tempo de ausência de seu fruto-gente, sua vida de mãe e mulher havia se afogado no absurdo.

Bruxa, feiticeira maldita, demônia, mãe do demônio, filha do diabo... De tudo isso o povo do Saleiro já a chamava havia muito tempo. Começou antes, quando a paróquia havia se tornado tudo o que era e foi, e ainda é, e se agravara depois de todas as coisas que envolviam seu filho e, claro, o Matias — estes dois, outros possuídos, encapetados. Lá atrás, porém, e disso se lembra o leitor, a absurdificação era enfrentável, viu-se. Resistia ela aos apelidos e às investidas de pragas acompanhada do seu filho e do companheiro deste. E nisso ia bem, não era mulher de se importar com a língua alheia, tinha mais apreço às próprias rezas e aos chamados de sua própria fé, ao poder que lhe dava esperança do viver e que vinha do antes do antes; aprendera a ser ela uma simbiose com o próprio sangue, sem coágulos, entendendo que devia os contentamentos e as alegrias à família que se foi, sólida no tempo, ancestrais. Com eles, não temia, tinha com as forças sagradas, filhas da natureza mãe do tudo, o véu da proteção que envolvia a ela e sua própria história, sob o qual também estavam, por súplicas dela, o Darian e, de novo, claro, o Matias.

Depois que Darian foi embora, dona Leidiana seguiu sendo amaldiçoada. Por certo tempo, num ritmo semelhante ao que já acontecia, de modo que nada disso colocava nela medo, apegada que era à própria fé. Continuava a não ir à igreja, lugar onde não se sentia acolhida ou respeitada, morada dos que sobre ela, seu filho e, claro, repito, o Matias, jogavam os piores dos desejos. *Que queimassem no inferno, a justiça divina não falha, a santa há de interceder e arrancar do povoado a bruxa maldita, esta negra safada que faz feitiço dentro de casa.* Se no Saleiro não há prosperidade, diziam, é porque *essa filha do cão está trazendo pra cá o próprio satanás.*

Então começaram a vir à casa da mulher proferir palavras feias aos montes. Abarrotavam-se os crentes de mãos dadas na porta, dona Leidiana sozinha em casa, desprotegida, acordada; e faziam orações e erguiam ao céu imagens da santa do Saleiro, pedindo a ela que convertesse a bruxa ao lado de Deus, porque só ele salva, ou isso, ou que a santa tirasse do povoado esta feiticeira amaldiçoada. Uma coisa ou outra! Algo precisava ser feito. Saleiro era terra santa, terra de santo, padre Eustáquio já tinha garantido isso em missa, e não iriam eles permitir que bruxa nenhuma fizesse arder no solo do povoado o fogo do inferno.

E ela, dona Leidiana, a enfrentar todas essas coisas sozinha. Passou a quase não sair de casa, ia para fora apenas para arranjar o necessário. Quando saía, pode o leitor imaginar que não eram boas as coisas que lhe aconteciam: os cuspes, as rogações de pragas; teve gente que já a seguiu com vela na mão, rezando atrás dela, para onde ela fosse, como se para purificar os caminhos sobre os quais a mulher passava. Estava tudo um absurdo, um absurdo. Foi lento o processo de todas essas coisas se intensificarem, e, sozinha, diziam indefesa, ela tida alvo da fé alheia a invadir-lhe a existência, não estava em paz havia muito tempo.

Darian ouvia aquilo sem acreditar. *O que diabos este lugar virou?* Sabia o que a paróquia estava fazendo com o Saleiro, isso notou logo cedo, e não à toa fora embora, insuportável tudo aquilo; mas agora? Fazerem o que estão fazendo com a mãe dele? E a mãe nem fazia mal a nenhuma pessoa! *Nunca foi de perturbar ninguém! Nem briga tinha! Nem dever, devia! Que é isso? E mais: sozinha? Ela sozinha nisso tudo? Como assim sozinha? E o Matias? O Matias deixou tudo isso acontecer dessa forma? Ele viu tudo virar isso aqui e não fez nada?* A esta altura, revoltado, labaredas de raiva e ódio lhe possuíram dos pés à cabeça.

— Mãe, e o Matias? Como assim, sozinha, mãe? E o Matias? O Matias tá aqui, não tá?

21

Desgraçado. Desgraçado. Fela da puta. A primeira coisa que fiz quando aquele fela da puta me deixou aqui sozinho nessa casa, sozinho nessa desgraça desse lugar, sozinho, foi fechar as portas de tudo o que era casa e eu, casa de mim, pra ver se aqui, fechado, sozinho, eu me protegia de uma vida sem tudo o que aquele demônio do Darian fez comigo. Eu de primeira acordava todo dia tentando entender por que aquele desgraçado fez o que fez comigo. Eu nunca nem fiz nada pra merecer o que aquele diabo fez comigo. Sem coração, sem juízo. Ele dizia que pensava em mim, que tinha amor por mim, dormia comigo e me fazia de casa. Eu, casa, aqui na minha casa, que fiz ser dele e fiz ser nossa, e ele foi se salvar sem mim, foi seguir a vida dele me fazendo de chão de adeus. Desgraçado, não tinha nenhum motivo pro Darian me deixar aqui sozinho do jeito que me deixou. Fui ficando sozinho com a casa trancada e ele longe, ele sem dar notícia, e eu queria ter um jeito de falar com ele, tentava falar alto aqui em casa pra ver se em algum lugar ele me ouvia, mas era só eu falando sozinho comigo mesmo e com o vazio que me foi deixado aqui, com o sofrimento que o homem que eu amava tava me fazendo sentir. Teve hora que me botei a falar com a caatinga, mas não tinha mais dela resposta nenhuma. Nenhuma. Eu falava com ela e não tinha nada que me dizia de volta. A casa trancada, eu aqui, sozinho, na peleja pra ser ouvido pela mata ou por ele, pelo Darian, que já andava era longe, nem pensava mais em mim, me deixou aqui. Se pensasse em mim de verdade, nunca teria me deixado aqui. Nunca. Me abandonou. Disse que um dia voltava! E eu lá queria ele de volta comigo depois do que fez? Eu queria era que ele me ouvisse chorar! Que me ouvisse chorar porque era só isso o que eu queria que ele soubesse: que me deixou aqui sofrendo, sofrendo por culpa dele! Queria que ele entendesse que não tinha nada que justificasse o que fez comigo, por que foi que ele me deixou aqui, eu perguntava pra caatinga, mas ela não me respondia, só silêncio, e isso me desesperava ainda mais, me dava a certeza de que estava sozinho! E eu acho que sempre estive sozinho! Nunca teve amor daquele desgraçado aqui pra mim, não! Que se me amasse não tinha feito o que fez! E a caatinga calada! Eu clamava por resposta e ela calada! Pedia socorro e ela calada! Até ela me deixou! Meu Deus, que tristeza maldita essa que tomou conta de mim, eu tava sendo só tristeza, não tinha mais nada em mim pra ser, não tinha mais pra onde correr. E eu chamava o nome dele, e dormia sozinho e acordava no meio da noite com raiva e com saudade, um vazio importante me consumindo, botando fogo em mim, e eu era só isso e mais nada. Cadê tu, Darian, cadê tu? Dona Leidiana veio uns dias aqui em casa na peleja de bater na porteira, batia palma, chamava meu nome, mas eu que não ia responder. Eu, não! Eu não queria mais saber de nenhuma coisa que tivesse o Darian no meio, nem de sua mãe, que dele tinha a cor, o olho, o jeito de falar e até o sangue! Eu que não queria mais ver nada dele perto de mim! Eu era só o que ele deixou faltando, um pedaço mofado do nada! Eu não sentia mais fome, não sentia mais sede, não sorria, eu já tava era sem voz de tanto gritar de noite pra ver se a caatinga me ouvia, e ela calada! Tudo era calado! Dona Leidiana, aquela desgraçada, mãe do diabo que me fez sentir o que eu tô sentindo agora! Não ia entrar aqui, não! Um dia eu respondi a ela chamando meu nome, disse, sai daqui demônia, sai daqui bruxa, sai daqui! Sai daqui com essas tuas boas vontades que tu é igual ao teu filho! Tu fez foi apoiar ele no que ele fez! Some daqui, não volta, não! E ela voltou aqui em outros dias batendo palma na porta de minha casa, eu aqui com a perturbação me machucando, a perturbação e eu mesmo. Eu era só eu, e tudo o que eu era era agonia. Demorei foi muito pra me acostumar com o calar do tudo. Demorei, demorei foi muito pra parar de receber a insuportável e insistente bruxa da dona Leidiana, mãe daquele demônio. E tudo foi se misturando e virando uma bola dentro de mim, e eu comecei a me engasgar com essa bola que foi vindo e vindo e tomando conta de meu corpo e me adoecendo. E eu tive febre aqui sozinho, fiquei na cama um bocado de dias, o corpo quente, a cabeça rodando, tossia, grunhia, a casa trancada, ninguém pra me acudir, o Darian longe, aquele demônio! E eu fedia, fazia tanto tempo que eu não fedia daquele jeito! Desistiu de aparecer a dona Leidiana, demônia! Foi embora igual ao filho dela, me deixou aqui, me deixou mesmo! Eu disse pra ela ir embora, mas queria que ela ficasse e insistisse em mim, porque eu queria que alguém, na situação em que tava, insistisse em mim, pelejasse por mim, me desse amor! Eu só queria era o amor! E não tinha isso, não tinha amor nenhum, não tinha nada! Nem eu era mais eu, e a caatinga também tinha me abandonado! E tudo o que eu era era o que eu não sabia ser, porque eu estava sendo o nada, e a gente não é o nada, a gente é alguma coisa, mas eu estava sendo o nada e nem o nada eu sabia ser! E o tempo foi passando, a chuva veio, teve trovão, teve lampejo, as telhas brilhavam! *Trumm, trumm*, e eu acordava de noite com medo dos trovões, e não tinha ninguém aqui comigo, e o Darian longe, nas Minas! Devia tá era feliz, longe de mim, porque foi a escolha dele, foi o que ele escolheu! Aquele demônio! Ele e a mãe dele, dois demônios! E ela apoiou. E eu fui ficando aqui, e o tempo foi fazendo as coisas acontecerem lá fora de casa, e eu sem ver nada, porque ainda tava aqui trancado, adoecendo e ficando bom, adoecendo e melhorando, mas sempre adoecendo. As doenças vinham e eu sentia que ia morrer, mas aí elas iam embora, eu não morria, mas não sei se eu continuava vivo, não. Nem sei se eu não morri. Parece que fiz foi morrer e voltar, alguma coisa parecia me segurar pra não me deixar ir. Eu, por mim, tinha morrido, tinha era me despedaçado todinho em pedaços bem pequenininhos pra ver se eu diluía a dor que sentia e todo o vazio que o abandono daquele filho do cão me fez sentir. Eu, por mim, tinha morrido, tinha mesmo. Só não me matei porque sou frouxo, eu não tenho coragem de acabar comigo, não, que eu sou maior que eu. Mas a vontade que eu tive foi a de me matar! E os dias iam contando e a chuva, roendo lá fora, e eu voltava a gritar, ei, caatinga, ei, caatinga, mãe, mãe, caatinga, me ajuda, me cura, e a caatinga nada de vir aqui me ajudar ou me aconselhar! Todas as coisas me deixaram, o Darian levou com ele tudo o que eu tinha; e, quando dona Leidiana parou de vir aqui me perturbar, eu soube também que não tinha mais nada pra mim em lugar nenhum! Darian não voltava, será que se ele voltasse ia vir aqui atrás de mim? Me escuta, Darian, me escuta do lugar onde tu tá, me cura desse sofrimento! E se ele estivesse sofrendo também? Será que chorava por mim igual eu choro por ele? Tá sentindo minha falta, vomitando o vazio que me causou? Tá nada! Eu tô só nisso aqui! E, se estiver sofrendo, vai ter me levado pro sofrimento com ele! Mas eu não queria tá no sofrimento com ele, não! Ele devia ter entrado no sofrimento sozinho, me levou porque é ruim, não tem coração, é o demônio! Mas eu duvido que ele esteja sofrendo, ele que me deixou aqui com as coisas que eram nossas. Com a casa que tem os caminhos dele e o cheiro dele. Aquele desgraçado! Agora tem o cheiro dele misturado como meu fedor, porque eu tô quase morto, eu tô quase fedendo a defunto! Não aguento mais! Só queria que essa desgraça desse sofrimento acabasse. Causou o que causou e agora tá onde tá, longe de mim, eu aqui, no inferno, porque isso aqui é o inferno e eu não tô vendo saída. Não tô vendo saída! Não tem ninguém que me ouve, aquela feiticeira, bruxa, demônia da mãe dele também fez foi se esquecer de mim. Veio aqui e eu mandei embora, e ela foi! E eu aqui sozinho agora! Desgraçado, adoeci de novo, ninguém pra me dar a mão, e eu tô no inferno, e ninguém pra me acudir, tudo calado.

    Botei a cabeça pra fora de casa uma vez muitos dias depois. Eu já tava magreza pura, inteirinho os pedaços do que sobraria de mim se morresse, e aí eu botei a cabeça pra fora e vi que tava tudo úmido, verde, a mata verde, tudo colorido, tinha flor, tinha rolinha voando, tinha planta alta. O terreiro daqui de casa tava todo sujo de mato grande, coisa que mamãe nunca deixou quando tava viva e cuidava daqui, mas tudo tava de outra cor, a terra faltava engolir o mundo de tão escura, marrom molhado. Senti o cheiro do chão, pelo menos aquilo ali não tinha cheiro do Darian e também não tinha o meu fedor, e aí eu vi o céu, um bocado de nuvem escura cobrindo tudo, chuva ainda prometendo cair. Fiquei ali um tempo escorado no batente da porta, olhando pra mata dali da frente de casa e pro céu que ameaçava derrubar seus pedaços no chão. Eu olhava praquilo e não tinha força pra tentar pensar em mais nada, só pensava no céu escuro que tava dizendo eu vou cair, eu vou cair, eu vou cair; e um vento forte veio e soprou tudo, um vento gelado, tava muito era frio, um frio molhado que ainda fazia tudo me afetar, e me afetou de novo a solidão, e a agonia do que eu tava sentindo veio se apossando de mim de novo, pelo meu pé, subiu meu corpo e vazou pelos meus olhos, e comecei a chorar. Ainda não tinha chorado pra fora de casa, eu tinha chorado pra fora, mas só lá dentro, mas também tinha chorado muito pra dentro, que nisso de chorar de sofrimento a gente chora pra tudo quanto é lado, e eu era todo fora e dentro agonia, não conseguia sentir qualquer coisa que não fosse agonia e falta. Meu peito o silêncio, sabe, quando não tem nada, quando tudo é retirado de um lugar e depois até esse lugar some e não tem nem o eco, pois é, o meu peito tava só isso, eu tava só isso, e eu chorava, chorava respirando o ar frio que me deixava arrepiado, o céu ameaçando cair, a mata balançando, eu gelado inteiro.

Patrick Torres

E eu não via rumo, não via caminho, não sabia pra onde ir, não tinha com quem conversar, eu conversava sozinho em voz alta. Tinha dia que passava a tarde todinha rodando no quintal daqui de casa, passando o pé no mato alto descalço, pisando no chão molhado, gelado, o sol fraquinho, eu rodando pelo quintal da casa, sussurrando Darian, Darian, Darian, demônio, maldito, por que foi que tu fez isso comigo? Tu me traiu, tu fez foi me trair, tu me disse que sem mim não ia e tu pegou e foi. Traiu, tu me traiu, tu destruiu tudo o que a gente era. Tu foi se transformando numa coisa que não me tinha mais e foi virando só tu e aí, quando pôde acabar comigo e ficar sem mim, tu não pensou duas vezes, e eu aqui, que ainda queria que tu tivesse aqui, eu aqui sozinho, abandonado! Fui largado! Eu queria uma vida contigo e tu me deixou aqui abandonado! Largado! Demônio, diabo! Tu acabou com a gente e acabou comigo também! Porque tinha um eu que contava contigo, e tu acabou comigo! Tu acabou comigo de todo jeito, me fez em pedaços, eu só me fui sumindo e sumindo sem tu e já não sou nada do que era! Sou só a poeira, não tem mais eu, e eu te odeio, Darian, te odeio por isso, porque tu acabou com a gente e comigo! Acho bom que tu nem volte, nem volte, não! Fique onde você tá, não volte, não, não me procure que eu não quero lhe ver! Suma da minha vida, que eu, se pudesse te matar, te matava! Que esse sofrimento aqui onde tu me jogou é motivo o suficiente de querer te matar! Eu se te visse na minha frente agora fazia era te matar! Demônio!

    E eu girava e girava naquele quintal lá de casa pra um lado e pra outro, e o céu dizendo que ia cair, que ia cair, e tudo cinza, o vento frio, a mata verde balançando lá longe, e a única coisa que eu escutava era meu sussurro, eram só meus sussurros, meus soluços e de vez em quando meus gritos, porque eu também gritava amaldiçoando aquele diabo que acabou com minha vida! Demônio! Se eu tava vivendo afastado de tudo, era porque um dia tive que fugir da culpa que aquele fela da puta jogou sobre mim, que eu não tinha nem nada a ver com a morte daquela mulher, aquela velha azarada, desgraça! Até me bater o Darian me bateu naquela época, me ameaçava de tudo! Nunca me amou, não, que se eu fosse amado, ia ser tratado igual a gente! E aí ele matou aquela mulher e eu carreguei a culpa junto, pra dividir com ele o peso da vida, que pra ele a vida tava pesada, e quando a gente ama é importante dividir o peso da vida. E tudo foi tão pesado, a gente fez um segredo e tinha uma vida, e eu acabei com a minha vida por causa dele! Eu, não. Ele! Ele que acabou com minha vida! Minha vida é um inferno por causa do Darian! Desgraça! Se hoje eu tô aqui nessa situação, é tudo culpa dele! Se eu pudesse matar aquele diabo, eu matava ele! E por mim eu matava ele e até a mãe dele, que não tô nem aí pra ela, não! Matava, eu por mim matava ele e aquela bruxa maldita!

Ei, Matias! Ei! Ei!

Era a caatinga? A voz estava diferente! A mata me deu sinal de vida? Foi isso? A caatinga?

Ei, Matias! Ei! Ei!

Quando botei a cara pra fora de casa naquela tarde, o que tinha na porteira era o padre Eustáquio, ele mesmo, de pé, sozinho, bem-vestido, chamando meu nome e me mandando abrir a casa pra ele. E eu não queria, não, eu não queria, não, que nem do padre eu gostava, queria era manter distância... Mas eu num via gente havia tanto tempo.

Eu não via gente, não ouvia mais nenhuma voz, não falava mais nada com ninguém, sentia só o meu cheiro, tava um bicho do mato, que, na hora que eu vi o padre e ele pediu pra entrar, eu só consegui me lembrar de quando ele me ajudou no dia em que mamãe teve que ir pro hospital. Era como se eu devesse um favor. Fui caminhando pra deixar ele entrar, ele veio, sentou comigo na sala e começou a falar que queria muito me ver na missa que ia ter na noite. Disse que Deus tinha tocado no coração dele e que ele tinha que vir aqui atrás da ovelha que eu era... Estranhei essa conversa de ovelha e de Deus tocando no coração de gente, mas, quando viu minha situação, o padre repetiu tanto que o que tava me deixando daquele jeito, fedorento e aluado, porque foi assim que ele me encontrou, fedorento e aluado, magrelo, com uma casa fedida; ele repetiu tanto pra mim que o que tava me deixando daquele jeito era o diabo, o satanás; e dizia que o satanás era silencioso, ele tomava conta da gente sem a gente ver — e tudo o que eu andava sendo era silêncio; repetiu tanto essa história que me deixei ser convencido.

De noite, estava na missa, a paróquia já nem era mais como antes, estava maior, mais bonita, e eu entrei naquele lugar um pouco assustado. Tinha tanta gente, e todo mundo olhava pra mim, e eu ouvia os cochichos de que eu era o filho da finada dona Castela, e que graças a Deus o senhor tinha me trazido pro sagrado. Ouvi dizer que nos últimos anos eu tava muito atordoado na vida porque andava com gente do cão, que aquela feiticeira e aquele endemoniado do filho dela tinham estragado minha vida; disseram que eu tava do jeito que tava exatamente porque eles dois, Darian e dona Leidiana, tinham feito coisa ruim pra mim, pra acabar com minha saúde, com minha prosperidade. Teve gente que chegou pra mim e disse graças a Deus que tu saiu do meio daqueles dois. Disseram que rezavam por mim, que pediam a Deus pra me tirar daquela situação desde o tempo em que mamãe era viva. Diziam que mamãe pedia também, no tempo em que adoeci pouco antes de ela morrer, que Deus entrasse no meu caminho e cuidasse de mim, que me afastasse do mal e que a santa me livrasse dos feitiços da dona Leidiana. Que ela não prestava, mexia com coisas ruins. Mas, graças a Deus, a santa e o sagrado me tiraram da vida daqueles dois.

E graças a Deus mesmo. Naquela missa em que o senhor me resgatou para seus braços, o padre Eustáquio disse no altar, ao final da cerimônia, que ele estava no compromisso de molhar com as águas divinas meu corpo e minha alma. Apontou pra mim lá de cima, todos os fiéis me encarando, e convidou seu rebanho a se envolver na missão de me fazer virar gente de novo — pois, em suas palavras, eu parecia um cordeiro selvagem. Falou, olhando para mim, eu que me emocionei ao longo da missa, principalmente quando falaram de mamãe, como ela era dedicada à igreja, essas coisas. Disseram que eu tinha chegado para continuar a missão dela, para cuidar da paróquia, fazer seguir seu legado de fiel, porque não houve ainda alguém que se dedicasse à igreja do jeito que mamãe se dedicava. Lembraram-se da história do rosário, das pedras de sua barriga sendo mostradas à igreja como oferta à santa, que tinha salvado a vida dela. Nesta hora eu já chorava, as imagens de todos os santos no altar me fisgando igual a peixe em anzol, eu sem ter para onde fugir, e de repente meus braços se ergueram e eu só conseguia dizer amém, amém, amém, e falar que, sim, eu aceitava a mudança em minha vida, eu queria que a santa e o senhor cuidassem de mim, porque eu estava, e isso todos viam em meu corpo, desesperado.

    Nisso fui deixando a paróquia cuidar de mim, eu sozinho em casa, a mata em silêncio, meu corpo se enchendo das comidas que o padre mandava fazer pra mim, o povo da igreja indo deixar lá em casa, eu abrindo para eles as porteiras, umas e outras lavando a louça, limpando a casa. Ajeitaram até o mato alto que tinha crescido com as chuvas, e eu finalmente pude ver depois de muito tempo minha casa arrumada. A outra coisa que se arrumou foi minha vida: eu já não fedia, unhas, cabelo e barba alinhados, barriga alimentada. Fui me ajeitando, virando gente, deixando de ser ovelha desgarrada.

    Ia às missas, ia sempre às missas, e depois de um tempo o padre Eustáquio fez um pedido singelo para que eu compartilhasse no altar meu testemunho, ao final de algumas cerimônias. Cumpri o pedido dele e lá estava eu, missa depois de missa, subindo e pegando no microfone da paróquia para dizer ao povo como era minha vida antes e como estava agora, ao lado do Senhor, com as bênçãos da santa. Contava a eles que havia muito tempo, desde que a mamãe morreu, eu não me sentia gente, que o diabo me perturbava, que eu ouvia a mata conversando comigo, mas que, na verdade, devia ser o satanás, porque às vezes me atribulava, às vezes me fazia perguntas intrometidas, de vez em quando me acusava de coisas, me fazia sentir culpa e medo, e um dia me abandonou, sumiu, simplesmente sumiu, e que isso foi um pouco antes da paróquia entrar na minha vida, e que deve ter sumido porque nessa época o padre Eustáquio já estava rezando por mim, amém? Dizia que antes as coisas não andavam para mim porque eu andava com quem não prestava, andava acompanhado de gente ruim, de gente que não era de Deus, e todos ali sabiam de quem eu estava falando. Vocês sabem, não sabem, de quem estou falando? Ela me dava a comida dela para comer, e minha vida ia arruinando. Botei o filho dela pra morar dentro da minha casa, ele dizendo que era meu amigo, minha companhia, e depois que ele passou pela minha porta tudo desandou. Já não ia muito bem, mas depois deles dois tudo começou a piorar. Que agora ele tinha ido embora, lá pra Minas, mas que tava eu aqui sozinho, que ele tinha ido embora e tinha acabado com minha vida, ele e a mãe dele, aquela bruxa, que estava dentro da casa dela a fazer contato com o diabo, que ela, sim, era maldição pro Saleiro. Ela nunca vem às missas, percebem? Ela não gosta nem da ideia de pisar aqui. Faz até piada com a santa. Eu fiz foi ver, fiz foi ver! Ela e o filho dela são assim, os dois. Aqui, enquanto tiver gente assim, desse jeito, não vai prosperar, porque eu mesmo só prosperei depois que o senhor e a santa me tiraram de perto do mal.

Depois eu soube que, por causa dos meus testemunhos, o povo tava indo agoniar a dona Leidiana, e isso não posso dizer que achei ruim. Se não pagasse pelo que fez comigo o filho dela, que pagasse ela por ter deixado.

Quando, toda noite, rezava de joelhos em minha casa, no pequeno altar que o próprio padre Eustáquio tinha mandado improvisar em meu quarto, lia da bíblia dois ou três salmos pra dormir em paz. Na mesinha em que estavam as coisas que ganhei dos irmãos da igreja, tinha livrinhos com orações e rezas, o velho e o novo testamentos, alguns terços e rosários, três imagens esculpidas no barro: Maria,

Jesus Cristo e, do lado deles, a santa do Saleiro. Antes de me deitar, acreditando que o amanhã seria melhor e mais um dia de bênçãos do Senhor, eu acendia duas velas, apenas duas, uma para Maria, outra para Jesus.

22

— Matias, fela da puta! Matias! Sai aqui fora, fela da puta! Bora!

Foi o ódio, enchente avulsa, tempestade desamarrada, que se apossou de Darian quando, ainda de madrugada, marchou saindo de casa rumo ao meio do mato, portando no couro o flamejar da revolta, para tirar satisfações com o infeliz que havia transformado a vida de sua mãe em verdadeira desgraça. Caminhou ligeiro, saiu depois de descobrir o que acontecia, marcando na cabeça o principal culpado, e deu cravados passos no chão rumo ao lar que um dia ousou chamar de seu. Seu gritar raivoso despertou o entorno, e tudo o que era criatura da caatinga pôs-se atento a assistir à confusão que faiscava no clamor do nome alheio:

— Ei, Matias, desgraçado!

Dona Leidiana havia tentado impedir o filho de ir à rua caçar tragédias — mais! Outra! —, mas a saída do homem recém-chegado fora tão abrupta e voraz que nada que estava em sua frente foi respeitado. Darian cruzou a porta de casa sem dizer para onde ia, e sua mãe, que leu de antemão o que aconteceria e para onde estava a quase correr o rapaz, trancou-se em casa, pondo os joelhos no chão, pedindo aos que dela cuidavam que dele hoje também, mais uma vez, tomassem conta. Madrugada inquieta, mal veio para casa o Darian e tudo isto já era coisa acontecida. O que viria em seguida? As velas acesas, os joelhos dobrados, a cabeça baixa, os sussurros, tudo era a peleja de dona Leidiana, agora aflita, pelo não acontecer da desgraça.

O Matias, porém, não aparece. Por medo, surpresa ou fosse lá o que lhe houvesse atingido as entranhas. Quando escutou do lado de fora a voz de Darian chamá-lo, sentiu a fúria no tom do ex-companheiro, demônio em forma de gente, coisa ruim retornado, e, pensando talvez estar a navegar num pesadelo, de novo a ouvir vozes — há muito não ouvia vozes, pois estava curado! —, manteve-se deitado debaixo da fina coberta. Insistida a voz, coisa repetida, xingamentos, o uivo distante, a bateção de palmas, as promessas de injúrias, *Matias*, isso e aquilo, *Matias*, aquela coisa e outra coisa... Seu nome sempre acompanhado por algo que lhe dizia ser coisa outra que não só ele. O chamado fazia ecos, vinha lá de fora, entrava e saía pelas brechas todas da casa, invadia o Matias até as carnes. E a voz era mesmo a de Darian. Era o Darian. Tinha que ser o Darian. O Darian lá fora. Gritando seu nome, a raiva a ressoar para todos os lados. Teve medo, começou a tremer, tudo veio para fora do lugar. As velas do quarto apagadas, nenhuma imagem olhando para ele, estava de novo sozinho e só podia clamar por misericórdia a Deus. Que saísse Darian de seu caminho, estava finalmente conseguindo se livrar do passado torto que o arrasara por tanto tempo, tudo parecia ir muito bem, Matias estava prestes a cruzar a chegada do adeus, por que estava lá fora Darian, o pelejando? Não era possível. Voltou e veio assim, para lhe causar agonia? Não iria a um encontro com aquele bicho, aquela coisa que, encorpada do diabo, fez o que fez com sua vida. Ou ele, Darian, pensou que seria esquecido? Matias acendeu uma vela, começou a rezar.

Do lado de fora, o chamado em círculos fadigou o filho-protetor, ex-companheiro, e Darian foi espaçando, a cada minuto e hora de insistência, o gritar pelo Matias, que, se estivesse ali dentro mesmo, se recusava a sair. Talvez não estivesse em casa, talvez por isso não vinha cá fora arrancar as satisfações propostas pelo ódio que evaporava do convocar proferido por Darian. Mas devia estar em casa. Devia estar. Aquilo no feixe da janela era o tremer de uma luz, comprovando a presença de alguém, fogo, vela, laranja-amarelo, o brilho a escapulir. Matias estava dentro de casa, fela da puta, estava, sim! Não saía porque não queria!

— Ei, Matias! Eu sei que tu tá aí! Sai aqui, fi do cão! Vem aqui pra tu ver se tu não tem o que conversar comigo! Tu é muito é covarde! Covarde! Fez o que fez com mamãe por quê? Por que foi, Matias, que tu fez o que fez com mamãe? Frouxo! Tu é frouxo! E disse que me amava! Num foi tu que disse que me amava? Me amava e não me esperou, não me entendeu! Fez foi partir pra cima de mamãe como se ela te devesse algo!

Foi ao ouvir o homem duvidar de seu amor e deturpar o passado que Matias deixou-se envolver na raiva. Não era angústia ou medo o que sentia agora, mas um pulsar nervoso da defesa: queria sair para se defender! Não amava? Acusado de não amar? Feito ele qualquer coisa, não havia brechas para que lhe fosse questionado o amor. E há testemunhas! É testemunha o leitor! Não há como duvidar de que o que Matias tinha por Darian era amor, e o amor virou o que virou, tomou suas diversas formas e foi sendo tudo o que é o agora. O amor no depois do antes assume o inimaginável, o imprevisível, e tudo o que é bom pode abrir no outro corte profundo, estilhaçar seu interior, tornar tudo ferida suja, levar o eu atingido para buracos reclusos do interesse pela vida... Por causa do amor se morre e se mata.

Levantou-se rápido, abriu a porta, o luar a iluminar o quintal da casa e a fazer brilhar do lado de fora o Darian. E era mesmo o Darian, tinha tudo o que sempre teve o Darian, e Matias o olhou como se o reconhecesse, mas foi no reconhecimento que se fizeram nele vivas as lembranças, tudo a sapecar sua alma num incêndio ressentido. Não teve coragem de caminhar até o ex-companheiro, com ele já não dividia mais nada a não ser a memória e um resguardo de dor, não havia por que querer encontros. Darian gritava do outro lado que queria resolver alguma coisa? Algo com sua mãe? O que foi que o Matias fez para dona Leidiana, aquela bruxa? Não era nada culpa dele! Era só raiva! Insistia, do outro lado da porteira, Darian a dizer que Matias nunca o amara. Lá estava de novo a dúvida do amor. É o diabo mesmo! Matias não o tinha amado? Logo o Matias? Ele que fez do amor faca e abriu o próprio bucho sozinho, restando vivo para ver-se arder em sofrimento, abraçado somente pelo vazio? A porteira fechada, Darian do outro lado, o inacreditável assistir de tudo amarrotando a visão de Matias, ele a ouvir coisas e coisas. Não aguentou, disse o que tinha a dizer, gritou, urrou, botou para fora, e, a quem estivesse por perto — parecia não haver qualquer pessoa —, a fúria tornou-se som alto e ritmado, que, dançando no ar em aflição, invadiu os ouvidos de Darian. Matias deu bofetes com dizeres, humilhou, derramou em transe emaranhado de anedotas o tanto que ele odiava o Darian. Esgarçou-se em gritaria, bateu com palavras, espancamento-vingança, o eco da mata a repetir o som do ringue a céu aberto; chamou-o de bicho, que não tinha cabimento, que não merecia o que lhe fora imposto, e que não adiantava mais, por que o chamava? Por que Darian se colocava ali de pé chamando o Matias, perturbando-lhe as entranhas, mais uma vez, agora em matéria, se não havia mais o que ser feito? Não tinha isso de conversa, não tinha pé, não tinha cabeça, não tinha ninguém que merecesse o que lhe fora feito, que não tinha jeito, nem talvez, nem isso ou aquilo, e deu ordens para que o deixasse, que fosse embora, que desaparecesse, que crescesse e desaparecesse, como já tinha feito, que desaparecesse de uma vez por todas, desta vez, porque dali nada dava pé, porque de pé só havia o Matias e sua raiva, que escapasse do mundo o Darian, e que fosse, pois, embora.

Ouvindo-o gritar, entrando no conflito, foi Darian quem cuspiu no chão, respirou fundo e, ao devolver os sons reverberados, à mesma altura pôs-se a inflar a garganta para berrar. Devolveu-lhe, do outro lado da cerca, os mesmos xingos, e disse que não havia mesmo isso de jeito, que era o Matias um desgraçado, um bicho sem dó no peito, que fez também o que não tinha pé, nem cabeça; falou que não havia feito coisa grande para receber dele tamanha situação, que não se explicava o que fora feito, e que nem ele, e nem ninguém merecia aquilo tudo, não havia nada que explicasse ou dava à coisa toda qualquer razão, e que tudo havia virado coisa muita, coisas outras que, como o próprio Matias havia dito, não tinha pé e nem cabeça, e que tudo isso era um grande bicho de sete cabeças, e que não tinha o que fazer, e que ele não, que o Darian não, mas que o Matias, sim, que crescesse e desaparecesse, que, bicho de sete cabeças que tinha virado, que sumisse do mundo, que desaparecesse, que virasse o pó que era e que tinha se mostrado ter se tornado.

    E foram ficando os dois nesse vai-e-vem de ofensas, nada intacto no ao redor, as estacas, fazendo a cerca da casa, tremendo, no fervor das vozes dos homens que, brigando, davam fim ao silêncio da madrugada. E foram sendo isso pelo resto da noite, e não ousaram se pôr frente a frente, porque não havia mesmo o que ser feito, não havia qualquer coisa, o nada, nem isso ou aquilo, ou o talvez.[8]

23

É sempre curioso ver o desatar dos segredos. As cordas enroladas umas nas outras que deixam impregnadas numa mesma coisa atos e sujeitos, feitos, passados vivos e mortos, o esquecido e a memória, as mentiras, o oculto, o futuro; essas cordas, quando desapregadas delas mesmas, desfeitos seus nós, desenlaçadas, deixam desmoronar o que quer que amarrassem. Trago provas a quem me acompanha: foram os segredos, leitor, todos enrolados, enroscados, um segredo do outro que também era segredo do outro, foram eles, os segredos, que fizeram de Édipo ele mesmo sua própria sina, cegando-se ponta-olho, olho-ponta, condenando-se ao não mais enxergar. Tudo é escuro, tudo acaba — parecem ter vidas eles, os segredos, bichos desenjaulados, birrentos. Sorte a Antígona, filha-irmã, olhos do Édipo, pai-rei-irmão, que veio a lhe restar companheira, ainda tendo sobre a pele o respingar do sangue da tragédia. Sorte a Antígona, que viu o desatar dos nós e, ainda assim, agarrou-se ao que restava. Sorte a Antígona, para quem o passado não aniquilava o futuro, mas o apodrecia, o envenenava.

...

Após gritarem um com o outro, Darian virou as costas e sumiu no escuro, marchando já não violento, mas acovardado, trêmulo e assustado com os impulsos encontrados no homem que um dia foi seu. Fizeram barulho estrondoso, tudo ruiu em sua cabeça, arrependeu-se de pronto, e o arrependimento daquele momento se envolveu em outros arrependimentos, e o rapaz não deixou de ver que o que lhe possuiu mais uma vez foi a ira, porque ele é todo ira, foi sempre todo ira. Era a mãe a quem tentava defender, mas foi a si que rasgou defronte um outro primeiro encontro com o Matias. O Matias! Não pôde encarar o Matias nos olhos, estava distante, viu-o só em sombras, e ele de tanta coisa acusou Darian... Gritou, assustando-o com os próprios feitos. Darian se encontrou com passados seus que não se lembrava de ter vivido, nos quais sua alma em memória perturbava o Matias, que cá no Saleiro ficou, azucrinado pela ponta da lança que o atravessou. Entendeu-se assassino, matara o homem que ali deixara, voltou para casa como se quisesse um crime confessar. Ê peleja! Mãe, mãe, me acuda. *Me acuda, me diga que não matei ninguém, me acuda!* Adormeceu quando o dia já raiava, e, quando despertou, estava no colo de dona Leidiana, que dormiu enquanto enxugava do rosto do filho lágrimas sinceras.

O Matias, que nem sequer havia pregado os olhos, desceu mato adentro quando viu o dia anunciar sua chegada, bastou a luz do céu clarear a estrada para que ele, com os olhos afundados de horror da surpresa, do susto que tivera, escorregasse rumo ao Saleiro, com o juízo desconcertado caminhando ligeiro, passando por vielas e becos, tudo ainda úmido.

Conta, conta, conta, conta.
Conta! Conta, conta! Conta.
Quando Darian se virou e partiu, coisa-monstra que assombrou Matias, sem refúgio, dentro de sua própria casa, arrancando dele mais uma vez a paz, pouco durou o silêncio que se arrastava havia anos, isso e a mata isenta, o verde em cima do muro. Matias, com o coração a chicotear seu peito, seguiu olhando o tempo ser o tempo e por ali passar, e, olhando, ouviu: *Conta! Conta! Conta!* Estranhou, duvidou, olhou para um lado e para o outro, queria ter certeza de que o sussurro não lhe era outra coisa. *Conta! Conta! Conta!* Seria Darian lhe perturbando o juízo pelas costas? Será que ele teria entrado dentro de sua casa e ali estava, assombrando-o feito alma penada? *Conta! Conta! Conta!...* Obedeceu. Era a caatinga, ordens incontestáveis. Era ela, é claro que era. Tinha a voz diferente! Havia quanto tempo não a ouvia falar? A voz era outra, verde, molhada, doce, lhe convidava, lhe atraía ao feito, o futuro desenhado pelo encantar: *Conta! Conta, menino, conta! Tu não quer contar? Pois conta!*

Chegou à praça e já tinha gente. Gente que acordava cedo para rezar já estava de joelhos sobre o chão da igreja a agradecer ou suplicar; a imagem da santa a ter os pés beijados; a igreja recebendo cânticos baixinhos de oração. E o imperador? O imperador, nada ainda! Dormia? O imperador dormia, e Matias foi ficando a ver o tempo passar com ansiedade. *Conta! Conta, conta, conta, conta!* A paz do senhor, bendita a santa; a paz do senhor, bendita a santa; a paz do senhor, bendita a santa. A paz do senhor, bendita a santa!

— Ei, ei! Ei, eeeeei! — Subiu num dos bancos da praça, a igreja a alguns metros dali, as plantas todas banhadas num discreto orvalho, a mata verde na distância: *Conta,*

conta, conta, conta! — Ei! Eu quero vocês tudo aqui! Vêm aqui! Podem vir aqui que eu tenho uma coisa pra dizer! Venham logo! — Quem estava dentro da igreja ouviu também o chamado do filho da dona Castela, e ele, irmão importante, pregador do altar, sempre bom o menino; ele dizia que tinha coisa para falar! *O que será? Sempre que irmão Matias tem coisa a dizer, é bom ouvir. Logo ele que tem um testemunho como aquele!* — Eeeei! Aqui fora, venham... Não, não precisa chamar o padre Eustáquio, não, que o que eu tenho pra falar ele já sabe, que ele não é besta! Eu tenho coisa pra falar é pra vocês, eu quero todo mundo aqui! Todo mundo! Vem!

E ia chegando o povo, foram uns chamando os outros nas casas próximas, uns chamando os outros, e foi assim que se deu, ao redor do Matias, ele em cima de um banco--retângulo no meio da praça, a paróquia em círculo, multidão-ouvidos-atentos. O avesso começou impiedoso, não houve prólogos, ninguém se preparou, surpresa:

— Santa porra nenhuma! Seus bestas! Vocês são bestas! Todos bestas! Vocês todos são bestas! Bestas! Bestas! — Os olhos esbugalhados, a postura de fera, a raiva a esquentar a pele. Vazava, Matias vazava de si por si, era o tudo todo para fora, fera. — Santa porra nenhuma! Vocês acreditaram por anos em santa milagreira que nunca existiu nem vai existir! Seus bestas! Bestas! Santa porra nenhuma! Vocês estão duvidando do que eu tô falando?! Olha ele lá! Chegue aqui, padre! Chegue aqui que eu vou falar pra todo mundo o que todo mundo tem que saber e que o senhor também já sabe! O senhor fez esse povo aqui todo de besta! O senhor chegou aqui no Saleiro e inventou essa história de santa e fez o povo de besta! Como é? Que não inventou o quê?! Seu safado! Tu é um safado, padre Eustáquio! Tu pensa que ninguém percebeu tu botando igreja nesse lugar e fazendo tudo vingar dizendo que teve visão? Era dinheiro o que o senhor queria! O senhor é besta, é? Só pode ser! Um cabra desse tamanho achando que ia fazer o povo todo de besta! Teve quem caiu! Ó o tanto de besta aqui hoje contigo! Mamãe foi besta também! Foi ouvir esse safado e caiu na conversa dele de santa! Vocês aqui são tudo besta! Tudo besta!

— Ei, porra! — Darian! Darian não pôde deixar de chegar com a fofoca que o arrastou para a praça. Chegaram ele e dona Leidiana, o povo espalhando ligeiro pela cidade que o Matias estava xingando o padre Eustáquio e fazendo coisa de gente desajuizada no meio da praça. Rumos todos à praça, seta chamando atenção, para lá, para lá, para lá, na praça! O Matias! — Cala a boca, Matias! Tá doido, é? Sai daí! Desce, desce! — E tentou agarrá-lo para tirar o homem do alto, puxou-o para baixo, queria evitar o que sabia estar acontecendo, desespero tomando força no arrocho do abraço. — Desce! Desce, moço!

Matias, fera, bicho, sentou a mão no pescoço de Darian, e depois o punho fechado o acertou na cabeça, de cima para baixo, uma vez, outra vez, mais outra, e depois o cotovelo, uma vez, outra vez, mais outra. Darian tomando porrada, cotovelada, agarrado no Matias que não descia do banco, do palco, e tome porrada, e desce o soco, e o sangue a encher--lhe a boca, olho atingido, a surra, desistiu. Soltou Matias, perdeu a briga. Não vai partir para cima dele? Não vai? Avançou de novo sobre o boca-aberta. Não teve jeito: nem conseguiu tirar o homem de lá e ainda tomou outra surra. O Matias enforcava, batia de cima do banco a sentar chutes no

Darian, depois caiu, veio ao chão, deu mais porradas fortes, o sangue a escorrer da face do demônio.

Dona Leidiana, desespero puro, boca-buraco aberta, infinito, havia encostado, não teve coragem de apartar os dois, no chão, no meio do povo, se atracando em briga, Darian com a cabeça cortada, meu Deus!

— Separa, minha gente! Separa! Separa eles! — Mas ela, bruxa, feiticeira endiabrada, ela não seria ajudada. Ninguém se dispôs, ninguém separou ou avançou.

O Matias tá é possuído, só pode ser! Ele e o outro! O outro que voltou! O filho da bruxa! Dois demônios e uma bruxa se encontrando naquele solo sagrado.

Não somos bestas?

Não somos burros?

A santa não é uma mentira?

Deixaram os dois endiabrados brigarem, faíscas, sangue queimando no chão. O padre Eustáquio de longe vendo tudo, assombrado: *Tem de ser coisa do diabo!*

O Matias, vitória, se levantou odioso da guerra que travara. Deixou no chão Darian, cuspindo sangue, rasteiro. Dona Leidiana chorando do lado, sozinha, a única a tocar o rapaz, desesperada, o filho que voltara!

— Que foi isso, meu Deus? Que é isso? Pra que isso, Matias? Pra que isso?

— A senhora cala a boca também, dona Leidiana! Cala a boca também que a senhora é tão desgraçada quanto esse teu filho aí! — Subiu no banco de novo, os olhos ainda assustados, o povo a sussurrar em coletivo medo, orações e tremores. Matias continuou, enfurecido: — Sabem por que foi que esse fela da puta veio me tirar daqui de cima, travar briga comigo? Porque ele sabe o que eu vou contar pra vocês! E vocês, seus bestas, vocês caíram num buraco e botaram o Saleiro inteiro dentro dele! Santa porra nenhuma! Que não tem santa, nunca teve santa! Isso daí foi uma invenção daquele padre safado pra botar dinheiro na igreja! Seus bestas! Vocês deram foi o dinheiro de vocês praquele safado ficar rico! É ou não é, padre Eustáquio? Fala, padre! Fala pro povo que tu inventou essa história de santa! Visão porra nenhuma, que Deus não te mostrou nada! Tu é muito é mentiroso! Safado! Vem aqui calar a minha boca, vem, pra tu ver se eu não te deixo do jeito que deixei esse outro aqui! — Apontou para Darian ensanguentado. — Agora vai todo mundo me escutar! Vocês são burros, cegos, nenhum de vocês percebeu que o que chamam de santa há não sei quantos anos é só uma mulher que foi achada morta? Morta! Seus bestas, seus cegos! Vocês são tudo cegos! É só uma mulher morta! Na beira da estrada, uma mulher, uma velha, morta! E vocês tudo estavam na mão do padre e ele botou vocês pra acreditar que aquela era a tal da santa que ele inventou que ia chegar! Vocês não enxergam isso não? Teve até missa ao redor da defunta! Coisa macabra! Vocês não enxergam isso, não? Coisa esquisita! A mulher morta na estrada e ninguém nem perguntando quem era ela! Vocês nem quiseram saber quem era aquela mulher! Foram tudo enganado! Seus bestas! Botaram a defunta aqui dentro da igreja, a mulher sem nem nome ter, e vocês botaram ela aqui dizendo que ela era santa! E o fedor que tinha? Vocês lembram que ela fedeu e fedeu muito? Vocês já viram santo feder? E o fela da puta do padre só enricando à custa de vocês! Cadê ele? Cadê ele, aquele safado? Não tá mais aqui, não, aquele safado! Fela da puta! Ó lá! Aquele corno! O carro dele lá, indo embora! Safado, ele indo embora! Com o dinheiro que vocês deram! Fugindo!

...

Já ouviu o leitor o barulho da indignação? Ela começa com alguns sussurros, vem lenta, assume barulho de onda, de vento, vira dia e vira noite, e de repente é estrondo, gritaria, deixa tudo a tremer, nada se aquieta. A esta altura, a praça já era toda cheia de gente, e o que havia por cima e por baixo do povoado era a indignação. Padre Eustáquio botou-se a correr dentro do carro e acelerou para fora do povoado, e a indignação assumiu a vontade do povo do Saleiro e, num lapso, o lugar estava dominado por revolta — e descrença, e medo, e susto: não era possível! Que história era essa? Tudo ainda era dúvida e incerteza, descrédito, mas foi a fuga do padre Eustáquio, aquele jumento, que pareceu convencer as pessoas de que o Matias endiabrado estava certo. Possuído, transformado em coisa do inferno, o diabo em gente, mas não podia estar mentindo! Fizeram de ir atrás do padre, o povo do Saleiro, homens e mulheres, fizeram de ir atrás do padre correndo, correndo e correndo rumo ao lugar que o homem fugira...

— Pera aê, seus porras! Seus burros! Vocês são tudo besta mesmo! O padre fugiu e vocês não vão pegar ele, não! Não vão, não! E eu tenho mais coisa pra contar! Que eu sei de mais coisa!

A indignação virou multidão e pavimentou toda a praça vazia de padre, com os olhos e os ouvidos ofendidos e revoltados, mas agora curiosos, atenção ao demônio-bicho que falava coisas e outras coisas verdadeiras de cima de um banco que era palco. Agora Matias já tremia, já suava, um eu desconhecido o dominava, os braços, os ombros, os pelos, tudo era arrepio, os olhos já não viam qualquer coisa, os pensamentos rápidos e rastejantes a serem cuspidos por sua boca, sialorreia, ódio a mudar seu interior. Súbito o paradoxo: começou a chorar, cuspiu no chão, olhou para Darian, dona Leidiana a tentar proteger-lhe, alheia ao absurdo, inteira mãe.

— Quem foi, seus à toa? Quem foi? Quem foi que matou aquela mulher? Quem foi que acabou com a vida daquela velha? Quem foi que estourou a cabeça daquela mulher? Vocês lembram como ela estava? Coitada! Morta, com uma pedrada na cabeça! A santa de vocês, a defunta! Quem foi que matou ela? Quem foi? Sabem quem foi?

Foi rápido que ele apontou o dedo para Darian. Força-seta, veloz, chicote, tiro. Darian! Apontou o dedo para Darian!

— Aqui quem matou ela, ó! Aqui! Esse demônio, ele mesmo, esse filho do diabo!

Então, a indignação-onda, num cobrir tudo o que queria engolir, avançou sobre Darian e começou sobre ele uma cambada de chutes. O povo antes cego e agora mais cego, pôs-se em deslizamento sobre o corpo do Darian, ele abraçado por dona Leidiana, e numa força brutal engoliu os dois. Batiam, socavam, chutavam, chutavam, chutavam, xingavam, cuspiam, cuspiam, diziam nomes, amaldiçoavam, derramavam ódio, cuspiam, xingavam, chutavam, puxavam os cabelos da mãe do homem, bruxa, demônia, maldita, diaba! E chutavam Darian! Assassino, demônio, coisa ruim! Assassino, diabo! Darian era o mal inteiro, de frente e costas, por fora e avessado: criatura maligna, bicho esquisito, fela da puta! Devia ser porque era filho dessa feiticeira! Preta safada! Vai ver é filho até do diabo! Dois demônios! E chutavam os dois, e carregavam os dois aos arrastos, eram arrastados, dona Leidiana pelos cabelos, ela já sangrando, as pernas raladas, o vestido em pedaços, retalhos de si, gritava, gritava: *Não, não, não, minha gente, para! Pelo amor de Deus! Para!* E ia sendo arrastada! E chutavam ela, arrastada, e Darian junto, do lado, ele sem forças para gritar, cuspindo sangue, e vazando sangue pelos ouvidos, e por todos os lados, e era tudo sangue, e por onde era arrastado marcava a piçarra molhada com um vermelho intenso!

Foram arrastando os dois, e arrastaram os dois pelo Saleiro inteiro! Cruzaram o Saleiro com os dois a apanhar enquanto iam arrastados pelo chão, pelos braços, pelas pernas, pelos cabelos. Um juazeiro! Um pé de juá pelo caminho, a beira da estrada tendo a árvore-mãe pondo debaixo dela sombra fria, o frescor da manhã úmida, o juazeiro tronco, açoites! Mãe e filho a apanhar, encostados os corpos no juazeiro, amarrados por corda, ainda a tomar chutes, as cabeça baixas, desacordadas, ensanguentados. Amarrados no juazeiro, beira da estrada palco de crueldade, povo impiedoso, violento, já nem sabia mais por quê, eram ódio, batiam pelo bater, o motivo perdido na fúria coletiva, ela a tomar conta de tudo, onda, engoliu-engolindo.

Atrás, o Matias, puro ódio, ainda fera, a multidão a devorar também seu corpo, ele perdido flutuante na indignação que sorvia tudo, tremendo de raiva, bicho vingado, vingança-viva, preços pagos, ele finalmente a tomar da água da justiça, estava bêbado, embebedou-se de alegria, e sorria, e gritava a endossar o que provocou, e gargalhava, e dava risadas, e ouvia no meio dos gritos do povo, a vazar pela hostilidade, sussurros: *Tu contou errado! Tu contou errado! Tu contou errado! Conta direito!* E gargalhava, e foi gargalhando espaçado, e gritava, e foi gritando espaçado, e as coisas foram tremendo ao redor dele, a indignação e a revolta forcas arrochadas, a multidão a espancar e maltratar Darian e dona Leidiana à frente, amarrados, eles escória, amassados, ensanguentados, já não gritavam! *Tu contou errado! Tu vai contar errado? Tu contou errado!*

E no súbito um amargor envolveu Matias, tudo se calou, ele retesado e um zunir vindo devagar possuindo seus ouvidos. O povo a flamejar e ele um ponto de medo e arrependimento, choro, fera amansada, dardo de agonia; olhos no chão, pense-repense, não entendia. Se deu conta. *Conta direito! Conta direito!*

Gritou, gritou alto e fez tudo calar-se, chamou pelo povo como se fosse mensageiro da verdade, de mais uma verdade, da outra verdade, a euforia num cessar de ódio para ouvir algo que talvez o alimentasse com mais ódio.

Disse que estava lá, disse que viu tudo, disse que viu tudo e que não carecia dessa raiva toda porque Darian tinha feito o que fez sem querer. Que já tinham feito demais pra cima dos dois, da mãe e do homem, que isso do juazeiro era demais, que desse jeito iam era matar os dois, e queriam matar os dois? Darian não matou a mulher querendo, não, e a mãe dele não tinha nada a ver com isso, não. Chega, minha gente! Chega! Parem com isso, tá bom já! Pelo amor de Deus! *Foi sem querer! Eu tava lá, eu que vi, eu sei porque eu vi, foi sem querer! Tá bom já!*

Como é?

Como é?

Soprou desta vez, nos olhos do Saleiro, a voz da multidão.

Tu viu tudo?

Tu viu tudo?

E voltou ela com força, rastejando-se para dentro do povo, astuta, densa, cheia de si, perversa, a indignação.

Tu viu tudo isso e morando bem aqui
Tu viu tudo isso e morando bem aqui
Tu deixou isso acontecer?
Tu podia ter evitado tudo isso de acontecer
E tu deixou tudo aqui?
E a santa tu deixou morrer?
Tu deixou morrer a santa, foi?
Tu deixou a santa morrer bem aqui na tua frente
E tu deixou tudo aqui?

...

E Matias, que havia sido domado por um cansaço culposo, um silêncio de peito tão gelado que o frio era tudo o que havia; Matias, que quando desatou o segredo confessou também um passado, foi envolvido pela onda, que sem qualquer pena e com recuperada fúria, o afogou.

24

Ao final da tarde, os últimos cinco ou dez da onda que abocanhou Matias, Darian e dona Leidiana, os três amarrados no juazeiro, beira da estrada, surrados, ensanguentados, desacordados, foram embora, vazado quase inteiro o ódio em ganância do derribar. Havia Matias, Darian e dona Leidiana, mas também não havia. Estavam sob a copa da árvore, e a corda que os apertava grudava-os no tronco do pé-de-pau sem dizer nada. Eles sem nenhum barulho ouvir, os três em lugar nenhum a habitar uma dor que era o que tinha para ser o que estavam sendo. Cobria-lhes um manto de agonia sofrida, partilha de um passado impiedoso, algo que os igualava em alma e corpo a um mesmo bicho em abatedouro. Anestesia esquisita a solidão dos três ali, o sangue a rondar-lhes o corpo, o Saleiro ao longe, crueldade erguida, solo do passado, recusa em lugar.

...

O findar do vínculo não se entende. Há os lugares e há as pessoas que são, para nós, buraco ao contrário, vazio-cheio, chuva para cima. Tem gente que é espaço e nos recebe, nos vê, nos abraça, e tem espaço que é gente e nos envolve, nos carrega, nos alimenta. Nisso, as coisas todas se confundem, e no horizonte o romper assume forma assombrosa e invisível, feiura, espelho distante: não nos enxergamos nele com nitidez. Mas a vida, e já sabe aqui disso o leitor, a vida é insubordinável. Não há vontades, ninguém nela por vontade própria fica a ver o nada, não se for dela o desejo de mostrar o tudo. Insubordinável. Às vezes palhaça, a vida gosta do sarro, das gracinhas, das piadas; revira-se ela e de forma repentina seu humor caminha ao lado do sadismo, sua diversão sendo o cozer-se alheio. Também gosta de chorar, a vida, e põe-nos a engolir terra seca que desce pela garganta com a ajuda de lágrimas. Quando nos desce à goela, é também a vida amarga, prefere sobre nossa cabeça colocar o sabor azunhento das coisas ruins, como tocar a língua no ferrugem, o estranhamento, o novo. Insubordinável, diferente de tudo e oposta de si. Isso tudo a vida é e é também o que não me lembrei de cá trazer. É tudo o que imaginar o leitor, tudo o que ele quiser aqui comigo inventar. Mas também é tudo aquilo o que ele esquecer de dizer. A vida é mais que ela mesma, é o tudo. O tudo. Mas um dia, para todos nós, também ela já foi o nada. Todos nós um dia já não vivemos — do não viver ninguém escapou. E é do não viver que ninguém também se esquivará. Insubordinável. Viu? Tente se cobrir de razão diante da vida, dê comandos a ela, tome suas decisões, faça-a ser sua, assuma-a. Diga-a sua! Entre em briga com ela, coordene suas voltas, dê nela nó, enforque-a, enterre-a... Mesmo que o faça, mesmo que para ti reste o êxito, ao final de tudo, no fim, no acabar-mundo, é ela o que sobrará. Se ela disser não, é não. Se ela disser sim...

...

A noite chegara e fora embora. A madrugada a trazer engrossada chuva. Um frio quase colossal encobriu o Saleiro numa energia silenciosa e enlutada, um luto de si próprio, os saleirenses a descobrir quem passariam a ser agora que o passado veio a ser o que nunca foi. Súditos sem rei, um império desfeito, sujeitos desamarrados uns dos outros, todo fio de união cortado. Saleiro era todo cortes, corte passada, lares sem ar, ninguém a habitar o espaço, água parada, onda desgarrada do mar, qualquer coisa parada na estrada, ponto de história no sertão. Não houve o acordar para a reza, não houve missa, nem sequer tinham padre... Não havia impulso. Tudo o que levava um saleirense a fazer qualquer coisa subitamente se tornou o deixar-e-ir. Em suas casas, todos deitados, exaustos, confortando seus corpos que doíam depois do expurgo da revolta. A indignação terremoto, catástrofe.

   O sol raiava quando foi iluminada amarela a copa do juazeiro, à beira da estrada. Linda, potente a árvore que até da seca desvia, indomável, tinha os galhos encontrados em desencontro num verde belo e intenso, mastigável, palpável, sensação do esticar-se. Apoteótica, ornamentada, guardava sob suas folhas a esperança e a força de ser o que era qualquer que fosse o som ao redor. Imperturbável. Em seu entremear, criaturinhas descansavam o corpo, as bichinhas todas organizadas a dividir apegos, os pescocinhos encolhidos, as penas aliviadas. Tinham os olhinhos fechados e os bicos baixos, indefesas, colegas, amigas, bando. Inflavam-se e balançavam o corpo, pousadas na copa do pé-de-juá, casa boa, lar. Começaram a cantar.

Thuuu... Thuuu...
Thuuu... Thuuu...
Thuuu... Thuuu...

Foi aos ouvidos de dona Leidiana que chegou o cantar das rolinhas, a natureza a despertá-la para o mais-uma-vez. Fez que sim, fez que não, custou a recordar como ser gente, tentou abrir os olhos, o corpo molhado, ela amarrada no tronco. Seca estava sua fonte de força quando se pôs a mexer os braços e as pernas. Tudo doía, era tempestade de pontadas, tudo fincava, mas batia ainda no peito o coração. *Tum-tá. Tum-tá. Tum-tá.* A mulher se organizava por dentro enquanto recuperava o eu de si. Ficou tonta ao reviver o afogamento, a injustiça.

Ela no meio dos meninos, Darian de um lado, a cabeça cortada, o juízo caído, os olhos fechados, o sangue que a chuva não pôde lavar durante a noite a sobrar grudado em seu rosto. O corpo empedrado, dobrado de medo e agonia, a corda amarrando-o. Matias, do outro lado, tinha os braços e as mãos envolvendo-o, como se buscasse a defesa, mas repousava sem escudos e pendendo para o lado a cabeça, pesada, rocha que caiu, um corte no meio do coco.

A corda que os amarrava não estava arrochada. Era nó simples, ao menos este. Nó difícil era o viver, e com este se deparava agora a dona Leidiana. Olhou para a estrada, ela na beira, viu a mata da caatinga, verde, rica, cheia de energia, encorpada; olhou o céu, agora aberto, o sol a fazer calor sobre o solo e as coisas do solo, ela a respirar um cheiro que só há ali, sal. Era salgado o cheiro do hoje, a beleza do tudo estonteante, e como era indizível o estonteante: tudo começou a se mexer, os ventos sopraram com espera e querer, tudo brincava e dormia na mata, a natureza poesia a fazer-se mão que a agarrava, canto que achava passagem e invadia seus sentidos. Forjou-se viva nela sua fé, habitava corpo inteiro que lhe dava, agora, coragem. Brilhante, esta coragem, chegando em avalanche no peito de quem a ela quer se apegar. Medo não alcançava dona Leidiana, achou-se no deserto, invadiu-lhe uma força de mãe que vinha não sabia de onde, talvez da água, com certeza da água, ela que tudo molha ou renova, orvalho presente, caatinga úmida. O sol, estrela-guia do amanhecer e luz inescapável dos dias, despertou a mulher, e percebeu-se ela estar num oásis de si. Tudo doía, mas tudo mergulhava em anestesia, havia certa cura. Era nó simples, o nó da corda, e com a força côncava, convexa, que se apossou do corpo da mãe do Darian, desatou ela as prisões do ontem. Caiu a amarra, libertou a ela e os meninos.

Thuuu... Thuuu...
Thuuu... Thuuu...
Thuuu... Thuuu...

Amparada pela terra, pelas plantas, pelos ventos, pelo passado — especialmente o passado —, pelo presente e pelo futuro, tudo uma coisa só, mãos a segurarem-na de pé, estapeou Darian e Matias na peleja para que acordassem. Respiravam, mas dormiam. Invadidos e ainda inebriados pelo desenroscar dos segredos, o tocar da tragédia, tinham forças para nada. Mexeram a cabeça, os dedos trêmulos. Dona Leidiana, sutilmente, nuvem, estirou as mãos e levantou o filho, molenga, ainda a chorar, gemente de dor, e escanchou-lhe o braço num dos ombros. O rapaz erguia-se ao seu lado, as pernas vergando, mas inteiras. Olhou Matias, não se fez muitas perguntas, entregou-se ao sentir, abraçou o ouvir-a-vida: com a mão que sobrava, ergueu-o.

Agarrada aos rapazes, ambos ainda longe do agora, trêmulos, num cantar de amargor envolvendo-os, dona Leidiana fez o caminho que lhe mostrou o sol como destino. Caminhou com os dois para fora do Saleiro, um de cada lado, seu ombro ponte, os passos trôpegos, traçando um percurso que costurava um futuro incerto, distante, mas, acreditava ela, com o som que escutava vir de longe, melhor.

Thuuu... Thuuu...
Thuuu... Thuuu...
Thuuu... Thuuu...

Referências

1 e 2: SANTOS, Antônio Bispo dos. *A terra dá, a terra quer*. São Paulo: Ubu Editora/Piseagrama, 2023.

3: YouTube. LADY GAGA. "Lady Gaga - Marry The Night: The Prelude Pathétique". Disponível em: <https://www.youtube.com/watch?v=L9oP_CKRUX4>. Acesso em: 27 jun. 2025.

4: YouTube. MUNDOSIBA. "Siba - Coruja Muda (part. Chico César)". Disponível em: <https://www.youtube.com/watch?v=7VJbpRABrvk>. Acesso em: 27 jun. 2025.

5 e 6: YouTube. RWR. "Chico Buarque e Zizi Possi: Pedaço de Mim (DVD Bastidores)". Disponível em: <https://www.youtube.com/watch?v=nRNmIumFui8>. Acesso em: 27 jun. 2025.

7: YouTube. A OUTRA BANDA DA LUA. "A Outra Banda da Lua - Cavalaria (Live Session no Sonastério)". Disponível em: <https://www.youtube.com/watch?v=ju8Y1scm4VI>. Acesso em: 27 jun. 2025.

8: YouTube. GRANDEENCONTROVEVO. "Elba Ramalho, Zé Ramalho, Geraldo Azevedo - Bicho de Sete Cabeças II (Pseudo Vídeo)". Disponível em: <https://www.youtube.com/watch?v=fPTT38By-uY>. Acesso em: 27 jun. 2025.

Agradecimentos

Obrigado,
    Ana Flávia Ruas. Ana Júlia Barros. Anna Oliveira. Antônio Bispo dos Santos. Beto Oliveira. Bianca Kobal. Carlos Rodrigues. Elisa Nicolsky. Emir Fuchs. Erivaldo Torres da Costa. Gislândia Neri de Sousa Torres. Isabella Coelho. Isadora Roque. Italo Carvalho. João Victor Lobato Mota. Jordana Mesquita. José Torres. Kássio Costa. Larissa Moreira Santos. Lucas Domingos Barros. Luiza Torres. Natália Ortega. Paola de Sousa Torres. Rafael Gomes. Rafael Martins. Rita Neri de Carvalho. Rodrigo de Lorenzi. Sofia Laura. Tatiany Leite. Taynan Matheus. Leitor, leitora.

Primeira edição (agosto/2025)
Papel de miolo Lux Cream 60g
Tipografias Lora e Forma DJR Micro
Gráfica LIS